HISTOIRE

conus A annunciou...

COMIQVE,

ord Fratruum Praedicatorum

PAR MONSIEVR

DE

CYRANO BERGERAC.

*Contenant les Estats & Empires
de la Lune.*

inta catal 31 Aug 1705

A PARIS, N° 32

Chez CHARLES DE SERCY, au
Palais, dans la Salle Dauphine, à
la Bonne-Foy couronnée.

M. DC. LVII.

Auec Priuilege du Roy.

A MESSIRE TANNEGVY RENAVLT DES BOISCLAIRS,

Cheualier, Conſeiller du Roy en ſes Conſeils, & Grand Preuoſt de Bourgogne & Breſſe.

M ONSIEVR,

IE ſatisfaits à la derniere volonté d'vn mort

ã ij

que vous obligeaftes
d'vn fignalé bienfait
pendant fa vie. Comme
il eftoit connu d'vne in-
finité de gens d'efprit,
par le beau feu du fien,
il fut abfolument im-
poffible, que beaucoup
de perfónes ne fceuffent
la difgrace qu'vne dan-
gereufe bleffure fuiuie
d'vne violente fiévre,
luy caufa quelques mois
deuant fa mort. Plu-
fieurs ont ignoré par
quel bon Démon il y
auoit efté fecouru, mais

il a crû que le nom n'en
deuoit pas eftre moins
public, que l'action luy
en fut aduantageufe.
Vous eftiez fon Amy,
vous l'en auiez fouuent
affeuré, & mefme vous
le luy auiez témoigné
en plufieurs rencontres,
où vous fçauiez le be-
foin qu'il en auoit; mais
qu'eftoit-ce faire, que
quelques autres Hom-
mes n'euffent fait com-
me vous? qu'eftoit-ce
paroiftre enuers noftre
Amy, que ce que vous

paroiſſiez enuers cent
autres qui n'eſtoient
point de ſa trempe? Il
falloit donc le tirer de la
preſſe, & que voſtre ge-
neroſité le diſtinguant
du grand nombre de
ceux que vous obligiez,
fiſt voir non ſeulement,
comme parle Ariſtote,
qu'elle n'auoit pas dége-
neré, mais qu'elle auoit
enchery ſur ſoy-meſme
en faueur d'vn ſi digne
ſujet. De ſorte que
quand vous euſtes la
bonté de luy rendre des

Gene-
roſum
eſt
quod à
natura
non de-
generat
Ariſt.
Hiſt.
anim.
cap.
primo.

preuues de voſtre pro-
tection & de voſtre
amitié dans ſa maladie,
dont vous arreſtâtes le
cours par vos ſoins &
les aſſiſtances genereu-
ſes que vous luy ren-
diſtes en l'extremité de
ſes maux les plus vio-
lens ; ce fut d'vne ſi
puiſſante protection
pour luy, qu'il eſpera de
vous encore celle qu'vn
peu deuant ſa mort il
me pria de vous deman-
der pour cet ouurage;
& ce ſera auſſi de cette

grande confiance, & de ce dernier fentimēt que vous iugerez de ceux qu'il doit auoir eus de voftre amitié; puis que c'eft dans ce moment fatal que la bouche par-le comme le cœur.

Lucret. *Nam veræ voces tum demum pec-*
lib. 3. *tore ab imo eliciuntur.*

Et ie me fuis rendu l'In-terprete du fien d'au-tant plus volontiers, que ie prenois part éga-lement à fes difgraces, comme au bien qu'on luy faifoit; & que par

cette raiſon, comme par
mon inclination parti-
culiere, ie ſuis en ve-
rité,

MONSIEVR,

Voſtre tres-humble, & tres-
affectionné ſeruiteur.
LE BRET.

Extrait du Priuilege du Roy.

PAR Grace & Priuilège du Roy, donné à Paris le 23. iour de Decembre 1656. Signé, Par le Roy en son Conseil, DE CVISY. Il est permis à CHARLES DE SERCY, Marchand Libraire à Paris, d'imprimer, faire imprimer, vendre & debiter, vn Liure intitulé, Histoire Comique, par Monsieur de Cyrano Bergerac, &c. & ce durant le temps & espace de cinq ans, à commencer du iour qu'il sera acheué d'imprimer pour la premiere fois. Et defenses sont faites à tous Imprimeurs, Libraires, & autres personnes de quelque qualité & condition qu'ils soient, d'imprimer, faire imprimer, vendre, ny debiter ledit Liure, sans le consentement de l'Exposant, ou de ceux qui auront droict de luy, à peine de trois mil liures d'amende, confiscation des Exemplaires contrefaits, & de tous despens, dommages & interests, ainsi que plus au long il est porté audit Priuilege.

Registré sur le Liure de la Communauté le 26. Ianvier 1657. Conformément à l'Arrest du Parlement du 9. Avril 1653.

Signé, BALARD, Syndic.

Acheué d'imprimer le 29. Mars 1657.

Les Exemplaires ont esté fournis.

PREFACE.

Lecteur, ie te donne l'Ouurage d'vn Mort qui m'a chargé de ce soin, pour te faire connoistre qu'il n'est pas vn Mort du commun,

Puis qu'il n'estpoint couuert de ces tristes lambeaux

Qu'vne Ombre desolée empor-te des tombeaux,

Qu'il ne s'amuse point à faire de vaines plaintes, à renuerser les meu-bles d'vne Chambre, & à traisner des Chaisnes dans vn Grenier, qu'il ne souffle point la Chandelle dans vne Caue, qu'il ne bat personne, qu'il ne fait point le Cochemar, ny le Moyne-Bouru, ny enfin aucune des fadaises dont on dit que les au-

tres Morts espouuantent les Sots;
& qu'au contraire de tout cela il est
d'aussi belle humeur que iamais.
Ie croy qu'vne façon d'agir si
agreable & si extraordinaire dans
vn Mort, suspendra le chagrin des
plus Critiques en faueur de cet Ou-
urage, parce qu'il y auroit double
lascheté d'insulter à des Manes si
remplies de bienueillance, & si soi-
gneuses du diuertissement des vi-
uans; mais que cela soit ou ne soit
pas, que le Critique le reuere ou le
morde, ie suis asseuré qu'il s'en sou-
ciera d'autant moins que sa belle
humeur est l'vnique chose de ce
monde qu'il ait retenuë en l'autre;
de sorte qu'estant impassible à tout
le reste, quelque coup que la medi-
sance luy porte il ne fera que blan-
chir. Ce n'est pas, raillerie à part,
que ie veüille imposer à personne
la necessité de n'en iuger que par

PREFACE.

mes yeux : Ie fçay trop bien que la lecture n'eſt agreable qu'à proportion de ce qu'elle eſt libre ; c'eſt pourquoy ie trouue bon que chacun en iuge ſelon le fort ou le foible de ſon Genie, mais ie prie les plus genereux de ſe laiſſer preuenir par cette fauorable penſee, qu'il n'a eu pour but que le plaiſant, & c'eſt ce qui luy a pû faire negliger quelques endroits auſquels à cauſe de cela on doit vne attention d'autant moins auſtere, que par ce moyen on l'excuſera plus facilement de la circonſpection, qu'autrement on y deſireroit trop grande de ſa part, de la mienne, & de celle des Imprimeurs.

$$\text{Quid ergo ?}$$

Horat. de art. Poët.

Vt ſcriptor ſi peccat, idem librarius vſque

Quamuis eſt monitus, venia caret.

I'auouë toutefois que ſi i'euſſe eu le

PREFACE.

temps, ou que ie n'y eusse pas prèueu
de tres-grandes difficultez , i'aurois volontiers examiné la chose de
sorte qu'elle t'auroit semblè peut-
estre plus complette : mais i'ay apprehendé d'y mettre ou de la confu-
sion ou de la difformitè, si i'entrepre-
nois d'en changer l'ordre , ou de
suppléer à quelques lacunes , par le
meslange de mon stile au sien , dont
ma melancolie ne me permet pas
d'imiter la gayeté , ny de suiure les
beaux emportemens de son imagination , la mienne à cause de sa
froideur estant beaucoup plus ste-
rile. C'est vne disgrace qui est ar-
riuèe à presque tous les ouurages
postumes , ou ceux qui se sont donné
le soin de les mettre au iour ont souf-
fert de semblables lacunes dans la
crainte (s'ils en auoient entrepris le
supplément) de ne pas quadrer à la
pensée de l'Autheur. Ceux de Pe-

PREFACE.

trone font de ce nombre là ; mais on
ne laiffe pas d'en admirer les beaux
fragmens , comme on fait les reftes
de l'ancienne Rome.

Peut-eftre toutefois que fans
mettre ces chofes en confideration,
le Critique qui ne fe dément iamais , biaifant au reproche qu'il
pourroit encourir s'il attaquoit vn
Mort, changera feulement d'objets,
& pretendra me rendre caution de
l'euenement de ce Liure , fous ombre que ie me fuis donné le foin de
fon impreffion : mais i'appelle dés
à prefent de fon fentiment à celuy
des Sages, qui me difpenferont toûjours d'eftre refponfables des faits
d'autruy, & de rendre raifon d'vn
pur effet de l'imagination de mon
Amy, qui luy-mefme n'auroit pas
entrepris d'en donner de plus folides,
que celles qu'on rend ordinairement
des Fables & des Romans.

PREFACE.

Ie diray seulement par forme de
Manifeste en sa faueur, que sa chimere n'est pas si absolument dépour-
ueuë de vray-semblance, qu'entre
plusieurs grands Hommes anciens
& modernes, quelques-vns n'ayent
crû que la Lune estoit vne terre habitable ; d'autres qu'elle estoit habi-
tée; & d'autres plus retenus, qu'elle
leur sembloit telle.   Entre les premiers & les seconds, Heraclite a
soustenu qu'elle estoit vne terre en-
tourée de broüillards ; Xenophones,
qu'elle estoit habitable ; Anagoras.
qu'elle auoit des colines , des valées,
des forests, des maisons , des riuieres,
& des mers ; & Lucien , qu'il y
auoit veu des hommes auec lesquels
il auoit conuersé & fait la guerre
contre les habitans du Soleil; ce
qu'il conte toutefois auec beaucoup
moins de vray-semblance & de gen-
tillesse d'imagination, que Mon-

In
Diog.
Laert.

εν τῆ
ιστορία
αληθεῖ.

PREFACE.

fieur de Bergerac. En quoy certainement les modernes l'emportent
fur les anciens, puis que les Ganfars
qui y porterent l'Efpagnol dont le
Liure parut icy il y a douze ou
quinze ans : Les bouteilles pleines
de rofée, les fuzées volantes, & le
Chariot d'acier de Monfieur de
Bergerac, font des machines bien
plus agreablement imaginées, que
le Vaiffeau dont fe feruit Lucien
pour y monter. Enfin entre les der-
niers, le Pere de Merfenne (dont Liu. des quest. inouy. chap. 9. & 17.
la grande pitié & la fcience pro-
fonde ont efté également admirées
de ceux qui l'ont connu) a douté fi
la Lune n'eftoit pas vne terre, à
caufe des eaux qu'il y remarquoit,
& que celles qui enuironnent la
terre où nous fommes en pourroit
faire conjecturer la mefme chofe à
ceux qui en feroient efloignez de foixante demy diametres terreftres,

comme nous sommes de la Lune:
Ce qui peut passer pour vne espece
d'affirmation, parce que le doute
dans vn si grand Homme, est toûjours fondé sur vne bonne raison, au
moins sur plusieurs apparences qui
y equipolent. Gilbert se declare
plus precisèment sur le mesme sujet,
car il veut que la Lune soit vne
terre, mais plus petite que la nostre,
& il s'efforce de le prouuer par les
conuenances qui sont entre celle-cy
& celle là. Henry le Roy, &
François Patrice, sont de ce sentiment, & expliquent fort au long,
sur quelles apparences ils se fon-
dent, soustenant enfin que nostre
terre & la Lune se seruent de Lunes
reciproquement.

Ie sçay que les Peripateticiens
ont esté d'opinion contraire, &
qu'ils ont soustenu que la Lune ne
pouuoit estre vne terre, parce qu'elle

Lib. 2.
Philos.
mag-
net
cap. 13.
& 14.

Lib. 2.
Philos.
nat.
Lib. 2.
Pans.
com.

PREFACE.

ne portoit point d'animaux, qu'ils
n'y auroient pû estre que par la generation & la corruption, que la
Lune est incorruptible, qu'elle a toûjours estè portèe d'vne situation sta-
ble & constante, & qu'on n'y a re-
marqué aucun changement depuis
le commencement du monde iusqu'à
present : Mais Heuelius leur rè-
pond, que nostre terre, quelque cor-
ruptible qu'elle nous paroisse, n'à
pas laißè de durer autant que la
Lune, où il s'est pû faire des cor-
ruptions dont nous ne nous sommes
iamais apperceus, parce qu'elles s'y
font faites dans ses moindres parties,
& sur sa simple surface; comme
celles qui se font sur la surface de
nostre terre, où nous ne les pourions
découurir, si nous en estions aussi
esloignez que de la Lune. Il ad-
jouste plusieurs autres raisonnemens
qu'il confirme par vn telescope de

Pag.
119.
133.
134.
249.
297.
a libi

PREFACE.

son inuention, auec quoy il dit (&
l'experience en est facile & fami-
liere) qu'il a découuert dans la
Lune que les parties plus luysantes
& plus épaisses, les grandes & les
petites, ont vn iuste rapport auec
nos mers, nos riuieres, nos lacs, nos
plaines, nos montagnes, & nos forests.

Lib. de
Meteo-
rol.
Epic.
pag.
882. Enfin nostre diuin Gassendi si
sage, si modeste, & si sçauant en
toutes choses, ayant voulu se diuertir, comme ie croy qu'ont voulu
faire les autres, a escrit sur ce sujet
de mesme Heuelius, adjoustant
qu'il croit qu'il y a des montagnes
dans la Lune hautes quatre fois
comme le Mont Olympe, à prendre
sa hauteur sur celle que luy donne
Xenagoras, c'est à dire de quarante stades, qui reuiennent enuiron à
cinq mille d'Italie.

Tout cela, Lecteur, te peut faire

PREFACE.

connoiſtre que Monſieur de Bergerac ayant eu tant de grands Hommes de ſon ſentiment , il eſt d'autant
plus à loüer, qu'il a traitté plai-
ſamment vne chimere dont ils ont
traitté trop ſerieuſement : Auſſi
auoit-il cela de particulier, qu'il
croyoit qu'on deuoit rire , & douter
de tout ce que certaines gens aſſeu-
rent bien ſouuent auſſi opiniaſtré-
ment que ridiculement : en ſorte que
ie luy ay oüy dire beaucoup de fois
qu'il auoit autant de Farceurs qu'il
rencontroit de Sidias (c'eſt le nom
d'vn Pedant que Theophile dans
ſes fragmens comiques fait battre à
coups de poing contre vn ieune homme à qui le Pedant opiniaſtroit
qu'odor in pomo non erat for-
ma ſed accidens,) parce qu'il
croyoit qu'on pouuoit donner ce nom
à ceux qui diſputent auec la meſme
opiniaſtreté de choſes auſſi inutiles.

PREFACE.

*L'education que nous auions euë
ensemble chez vn bon Prestre de la
campagne qui tenoit de petits Pen-
sionnaires, nous auoit fait amis dés
nostre plus tendre ieunesse; & ie me
souuiens de l'auersion qu'il auoit
dés ce temps-là pour ce qui luy pa-
roissoit l'ombre d'vn Sidias, parce
que dans la pensée que cet homme
en tenoit vn peu, il le croyoit incapable de luy enseigner quelque
chose; de sorte qu'il faisoit si peu
d'estat de ses leçons & de ses cor-
rections, que son Pere qui estoit vn
bon vieil Gentilhomme assez indi-
ferent pour l'education de ses enfans,
& trop credule aux plaintes de celuy cy, l'en retira vn peu trop brus-
quement; & sans s'informer si son
fils seroit mieux autre part, il l'enuoya en cette Ville, où il le laissa
iusqu'à dix-neuf ans sur sa bonne
foy. Cet âge où la Nature se cor-*

PREFACE.

rompt plus aisément, & la grande
liberté qu'il auoit de ne faire que ce
que bon luy sembloit, le porterent sur
vn dangereux penchant, où i'ose
dire que ie l'arrestay ; parce qu'ayāt
acheué mes estudes, & mon Pere
voulant que ie seruisse dans les
Gardes, ie l'obligeay d'entrer auec
moy dans la Compagnie de Monsieur de Carbon Castel jaloux. Les
Duels qui sembloient en ce temps-là
l'vnique & plus prompt moyen de
se faire connoistre, le rendirent en
si peu de iours si fameux, que les
Gascons qui composoient presque
seuls cette Compagnie, le conside-
roient comme le démon de la Bra-
uour, & en comptoient autant de
combats que de iours qu'il y estoit
entré. Tout cela cependant ne le
destournoit point de ses estudes, & ie
le vis vn iour dans vn Corps de
Garde trauailler à vne Elegie auec

PREFACE.

auſſi peu de diſtraction, que s'il euſt
eſté dans vn Cabinet fort eſloigné du
bruit. Il alla quelque temps apres
au Siege de Mouzon, où il receut
vn coup de Mouſquet au trauers du
corps, & depuis vn coup d'eſpèe
dans la gorge au Siege d'Arras en
1640. Mais les incommoditez
qu'il ſouffrit pendant ces deux Sie-
ges, celles que luy laiſſerent ces deux
grandes playes, les frequens combats
que luy attiroit la reputation de ſon
courage & de ſon adreſſe, qui l'en-
gagerent plus de cent fois à eſtre ſecond (car il n'eut iamais vne querelle de ſon Chef) le peu d'eſperance
qu'il auoit d'eſtre conſideré faute
d'vn Patron, aupres de qui ſon Genie tout libre le rendoit incapable de
s'aſſuiettir ; & enfin le grand
amour qu'il auoit pour l'eſtude,
le firent entierement renoncer au
meſtier de la guerre, qui veut
                                    tout

PREFACE.

tout vn homme, & qui le rend autant ennemy des Lettres, que les
Lettres le font amy de la paix. Ie
t'en particularifois quelques combats qui n'eſtoient point des duels,
comme fut celuy où de cent hommes
attroupez pour inſulter en plein
iour à vn de ſes Amis ſur le foſſé
de la porte de Neſle, deux par leur
mort, & ſept autres par de grandes
bleſſures, payerent la peine de leur
mauuais deſſein : mais outre que
cela paſſeroit pour fabuleux, quoy
que fait à la veuê de pluſieurs perſonnes de qualité qui l'ont publié
aſſez hautement pour empeſcher
qu'on en puiſſe douter, ie croy n'en
deuoir pas dire dauantage, puis
qu'auſſi bien en ſuis-je à l'endroit
où il quitta Mars pour ſe donner
à Minerue; ie veux dire qu'il re-
nonça ſi abſolument à toutes ſortes
d'emplois depuis ce temps-là, que

ē

PREFACE.

l'estude fut l'vnique auquel il s'a-
donna jusqu'à la mort.

Au reste il ne bornoit pas sa
haine pour la sujettion, à celle qu'e-
xigent les Grands aupres desquels
on s'attache ; il l'estendoit encore
plus loin, & mesme iusqu' aux choses qui luy sembloient contraindre
les pensées & les opinions dans lesquelles il vouloit estre aussi libre,
que dans les plus indiferentes actions ; & il traittoit de ridicules
certaines gens qui auec l'authorité
d'vn passage ou d'Aristote ou de tel
autre, pretendent aussi audacieuse-
ment que les Disciples de Pitagore
auec leur Magister dixit, iuger des
questions importantes, quoy que
des espreuues sensibles & familie-
res les démentent tous les iours. Ce
n'est pas qu'il n'eust toute la vene-
ration qu'on doit auoir pour tant
de grands Philosophes, anciens &

modernes ; mais la grande diuersité
de leurs sectes , & l'estrange con-
trarieté de leurs opinions , luy per-
suadoient qu'on ne deuoit estre d'au-
cun party,

Nullius addictus iurare in ver-
ba Magistri.

Democrite & Pirron luy sembloient
apres Socrates , les plus raisonna-
nables de l'antiquité, encore n'estoit-
ce qu'à cause que le premier auoit
mis la verité dans vn lieu si obscur
qu'il estoit impossible de la voir , &
que Pirron auoit esté si genereux,
qu'aucun des sçauans de son siecle
n'auoit pû mettre ses sentimens en
seruitude, & si modeste qu'il n'auoit
iamais voulu rien decider ; adjous-
tant à propos de ces sçauans , que
beaucoup de nos modernes ne luy
sembloient que les echos d'autres
Sçauans , & que beaucoup de gens
passent pour tres doctes , qui au-

ē ij

roient paßé pour tres-ignorans , ſi
des Sçauans ne les auoient precedez.
De ſor.e que quand ie luy deman-
dois pourquoy donc il liſoit les ouurages d'autruy , il me reſpondoit
que c'eſtoit pour connoiſtre les lar-
cins d'autruy ; & que s'il euſt eſté
Iuge de ces ſortes de crimes, il y auroit eſtably des peines plus rigou-
reuſes que celles dont on punit les
voleurs de grands chemins ; à cauſe
que la gloire eſtant quelque choſe de
plus precieux qu'vn habit , qu'vn
cheual, & meſme que de l'or, ceux
qui s'en acquierent par des Liures
qu'ils compoſent de ce qu'ils dero-
bent chez les autres , eſtoient comme
des voleurs de grands chemins qui
ſe parent aux deſpens de ceux qu'ils
deualiſent ; & que ſi chacun euſt
trauaillé à ne dire que ce qui n'euſt
point eſté dit , les Biblioteques euſ-
ſent eſté moins groſſes , moins emba .

raſſantes, plus vtiles, & la vie de
l'homme (quoy que tres-courte) euſt
preſque ſuffy pour lire & ſçauoir
toutes les bonnes choſes; au lieu que
pour en trouuer vne qui ſoit paſſa-
ble, il en faut lire cent mille ou qui
ne valent rien, ou qu'on a leuës ailleurs vne infinité de fois, & qui font
cependant conſommer le temps inutilement & deſagreablement.

Neantmoins il ne blâmoit iamais
vn ouurage abſolument, quand il y
trouuoit quelque choſe de nouueau;
parce qu'il diſoit que c'eſtoit vn ac-
croiſſement de bien auſſi grand pour
la Republique des Lettres, que la
découuerte des terres nouuelles eſt
vtile aux anciennes; & la nation
des Critiques luy ſembloit d'autant
plus inſuportable, qu'il attribuoit
à l'enuie & au dépit qu'ils auoient
de ſe voir incapables d'aucune entrepriſe (qui eſt toûjours loüable

quand bien l'effet n'y répondroit
pas entierement) la paſſion qu'ils
font paroiſtre à reprendre les autres.

Non ego paucis, *diſoit-il*,
Offendar maculis quas aut in-
curia fudit
Aut humana parum cauit natura.

*Et en effet ſi on ſouffre bien des om-
bres dans vn Tableau, pourquoy ne
pas ſouffrir dans vn Liure quelques endroits moins forts que d'autres, puis que par la regle des contraires le noir ſert quelquefois à
faire dauantage briller le blanc?*

*Cependant comme il n'auoit que
des ſentimens extraordinaires, aucun de ſes ouurages n'a eſté mis entre les communs. Son Agrippine
commence, continuë, & finit d'vne
maniere que d'autres n'auoient
point encore prattiquée. L'elocu-*

PREFACE.

tion y eſt toute poëtique , le ſujet
bien choiſi , les rolles fort beaux , les
ſentimens Romains dans vne vigueur digne d'vn ſi grand nom,
l'intrigue merueilleux , la ſurpriſe
agreable , le démeſlé clair , & la
regle des vingt-quatre heures ſi re-
gulierement obſeruée, que cette piece
peut paſſer pour vn modele du Poë-
me dramatique.

Mais en quoy particulierement
il eſtoit admirable, c'eſt que du ſerieux il paſſoit au plaiſant , & y
reüſſiſſoit également. Sa Comedie
du Pedant Ioüé en eſt vne preuue
& tres-forte & tres-agreable, de
meſme que pluſieurs de ſes autres
ouurages , vn teſmoignage tres-
fidele de l'vniuerſalité de ſon bel
eſprit. Son Hiſtoire de l'Eſtincelle
& de la Republique du Soleil,
où en meſme ſtile qu'il a prouué la
Lune habitable, il prouuoit le ſen-

ē iiij

PREFACE.

timent des pierres, l'inſtinct des plantes, & le raiſonnement des brutes, eſtoit encore au deſſus de tout cela, & i'auois reſolu de la ioindre à celle-cy : mais vn voleur qui pilla ſon coffre pendant ſa maladie, m'a priué de cette ſatisfaction, & toy de ce ſurcroiſt do diuertiſſement.

Enfin, Lecteur, il paſſa toujours pour vn homme d'eſprit tres-rare: à quoy la Nature ioignit tánt de bonheur du coſté des ſens, qu'il ſe les ſoûmit toujours autant qu'il voulut : de ſorte qu'il ne but du vin que rarement, à cauſe (diſoit-il) que ſon excés abrutit, & qu'il falloit eſtre autant ſur la precaution à ſon égard que de l'arſenic (c'eſtoit à quoy il le comparoit) parce qu'on doit tout apprehender de ce poiſon, quelque preparation qu'on y aporte ; quand meſme il n'y auroit à en craindre que ce que le vulgaire nomme qui

PREFACE.

pro quo, *qui le rend toûjours dan-*
gereux. Il n'eſtoit pas moins mo-
deré dans ſon manger, dont il ban-
niſſoit les ragouſts tãt qu'il pouuoit,
dans la croyance que le plus ſimple
viure, & le moins mixtionné, eſtoit
le meilleur : Ce qu'il confirmoit par
l'exemple des hommes modernes, qui
viuent ſi peu ; au contraire de ceux
des premiers ſiecles, qui ſemblent n'a-
uoir veſcu ſi long-temps, qu'à cauſe
de la ſimplicité de leurs repas.

Quippe aliter tunc orbe nouo
 cœloque recenti
 Viuebant homines.

Il accompagnoit ces deux qualitez
d'vne ſi grande retenuë enuers le
beau ſexe, qu'on peut dire qu'il n'eſt
iamais ſorty du reſpect que le noſtre
luy doit; & il auoit joint à tout cela
vne ſi grande auerſion pour tout ce
qui luy ſembloit intereſſé, qu'il ne
pût iamais s'imaginer ce que c'eſtoit

de posseder du bien en particulier, le
sien estant bien moins à luy qu'à
ceux de sa connoissance qui en a-
uoient besoin. Aussi le Ciel qui n'est
point ingrat, voulut que d'vn grand
nombre d'amis qu'il eut pendant sa
vie, plusieurs l'aimassent iusqu'à la
mort, & quelques-vns mesmes par
dela.

Ie me doute, Lecteur, que ta curiosité, pour sa gloire & ma satis-
faction, passionne que i'en consigne
les noms à la Posterité; & i'y defere
d'autant plus volontiers, que ie ne
t'en nommeray aucun qui ne soit
d'vn merite extraordinaire, tant
il les auoit bien sceu choisir. Plusieurs raisons, & principalement
l'ordre du temps, veulent que ie
commence par Monsieur de Prade,
en qui la belle science égale vn
grand cœur & beaucoup de bontés
que son admirable Histoire de

PREFACE.

France fait ſi iuſtement nommer le
Corneille Tacite des François, &
qui ſceut tellement eſtimer les belles
qualitez de Monſieur de Bergerac,
qu'il fut apres moy le plus ancien de
ſes amis, & vn de ceux qui le luy a
teſmoigné plus obligemment en vne
infinité de rencontres. L'illuſtre Ca-
uois qui fut tué à la bataille de
Lens, & le vaillant Briſſailles En-
ſeigne des Gendarmes de ſon Alteſſe
Royale, furent non ſeulement les
iuſtes eſtimateurs de ſes belles actions, mais encore ſes glorieux teſ-
moins & ſes fideles compagnons en
quelques-vnes. I'oſe dire que mon
frere & Monſieur de Zedde qui ſe
connoiſſent en braues, & qui l'ont
ſeruy & en ont eſté ſeruis dans quelques occaſions ſouffertes en ce temps
là aux gens de leur meſtier, éga-
loient ſon courage à celuy des plus
vaillans ; & ſi ce teſmoignage eſ-

ē̄ vj

toit suspect à cause de la part qu'y
a mon frere, ie citerois encore vn
tr.iuc de la plus haute classe, ie veux
dire Monsieur Duret de Monche-
nin, qui l'a trop bien connu & trop
estimé, pour ne pas confirmer ce que
i'en dis. I y puis adjoûter Monsieur
de Bourgongne Mestre de Camp du
Regiment d'Infanterie de Mon-
seigneur le Prince de Conty, puis
qu'il vit le combat sur humain
dont i'ay parlé, & que le tesmoi-
gnage qu'il en rendit auec le nom
d'intrepide, qu'il luy en donna toûjours depuis, ne permet pas qu'il en
reste l'ombre du moindre doute, au
moins à ceux qui ont connu Monsieur de Bourgongne, qui estoit trop
sçauant à bien faire le discerne-
ment de ce qui merite de l'estime
d'auec ce qui n'en merite point, &
dont le genie estoit vniuersellement
trop beau pour se tromper dans vne

PREFACE.

chofe de cette nature. Monfieur de
Chauagne, qui court toujours auec
vne fi agreable impetuofité au deuant de ceux qu'il veut obliger;
Cet illuftre Confeiller Monfieur de
Longueüille Gontier, qui a toutes
les qualitez d'vn homme acheué;
Monfieur de S. Gilles, en qui l'effet
fuit toùjours l'enuie d'obliger, &
qui n'eft pas vn petit tefmoin de fon
courage & de fon efprit; Monfieur
de Lignieres, dont les productions
font les effets d'vn parfaitement
beau feu; Monfieur de Chafteau-
fort, en qui la memoire & le iugement font fi adimirables, & l'appli-
cation fi heureufe d'vne infinité de
belles chofes qu'il fcait; Monfieur
des Billettes qui n'ignore rien à 23.
ans de ce que les autres font gloire
de fçauoir à cinquante; Monfieur de
la Morliere, dont les mœurs font fi
belles & la façon d'obliger fi char-

PREFACE.

mante , Monſieur le Comte de
Brienne de qui le bel eſprit reſpond
ſi bien à ſa grande naiſſance, eurent
pour luy toute l'eſtime qui fait la
veritable amitié , dont à l'enuy ils
prirent plaiſir de luy donner des
marques tres-ſenſibles. Ie ne par-
ticulariſeray rien de ce fort eſprit,
de ce tout ſçauant , de cet infatigable à produire tant de bonnes & ſi
vtiles choſes , Monſieur l'Abbé de
Villeloin , parce que ie n'ay pas eu
l'honneur de le hanter , mais ie puis
aſſeurer que Monſieur de Bergerac
s'en loüoit extremement , & qu'il en
auoit receu pluſieurs teſmoignages
de beaucoup de bonté.

I'aurois adiouſté que pour com-
plaire à ſes amis qui luy conſeilloient
de ſe faire vn patron qui l'appuyaſt
à la Cour ou ailleurs , il vainquit la
grande amour qu'il auoit pour ſa
liberté , & que iuſqu'au iour qu'il

PREFACE.

receut à la teſte le coup dont i'ay
parlè, il demeura aupres Monſieur
le Duc d'Arpajon, à qui meſme il
dedia tous ſes ouurages ; mais parce
que dans ſa maladie il ſe plaignit
d'en auoir eſté abandonné, i'ay crû
ne pas deuoir decider, ſi ce fut par
vn effet du malheur general pour
tous les petits, & commun à tous
les Grands, qui ne ſe ſouuiennent
des ſeruices qu'on leur rend, que
dans le temps qu'ils les reçoiuent :
ou ſi ce n'eſtoit point vn ſecret du
Ciel, qui voulant l'oſter ſi-toſt du
monde, vouloit auſſi luy inſpirer le
peu de regret qu'on doit auoir de
quitter ce qui nous y ſemble de plus
beau, & qui pourtant ne l'eſt pas
toûjours.

Ie ferois tort à Monſieur Roho, ſi
ie n'adjoûtois ſon nom ſur vne liſte
ſi glorieuſe, puis que cet illuſtre Mathematicien qui a tant fait de bel-

PREFACE.

les espreuues Phisiques, & qui n'est
pas moins aimable pour sa bonté &
sa modestie, que releué au dessus du
commun par sa science, eut tant
d'amitié pour Monsieur de Bergerac, & s'interessa de sorte pour ce
qui le touchoit, qu'il fut le premier
qui descouurit la veritable cause
de sa maladie, & qui rechercha
soigneusement, auec tous ses amis,
les moyens de l'en deliurer: Mais
Monsieur des Boisclairs, qui iusques
dans ses moindres actions n'ayant
rien que d'heroïque, crût trouuer en
Môsieur de Bergerac vne trop belle
occasion de satisfaire sa generosité
pour en laisser la gloire aux autres,
qu'il resolut de preuenir, & qu'il
preuint en effet dans vne conjoncture
d'autant plus vtile à son amy, que
l'ennuy de sa longue captiuité le
menaçoit d'vne prompte mort, dont
vne violente ficure auoit mesme

PREFACE.

defia commencé le trifte prelude:
Mais cet amy fans pair l'interrom-
pit par vn interuale de quatorze
mois qu'il le garda chez luy ; & il
euft eu auec la gloire que meritent
tant de grands foins & tant de bons
traittemens qu'il luy fit, celle de luy
auoir conferué la vie , fi fes iours
n'euffent efté comptez & bornez à la
trente-cinquiefme année de fon âge,
qu'il finit à la campagne chez Monfieur de Cyrano fon Coufin , dont
il auoit receu de grands tefmoigna-
ges d'amitié, de qui les conuerfations
fi fçauantes dans l'hiftoire du temps
prefent & du paffè, luy plaifoient
extremement, & chez qui par vne
affeciation de changer d'air qui pre-
cede la mort, & qui en eft vn fimp-
tome prefque certain dans la plufpart des malades , il fe fit porter cinq
iours auant de mourir.

Ie croy que c'eft rendre à Mon-

PREFACE.

*sieur le Mareschal de Gassion vne
partie de l'honneur qu'on doit à sa
memoire, de dire qu'il aimoit les
gens d'esprit & de cœur, parce qu'il
se connoissoit en tous les deux, & que
sur le recit que Messieurs de Cauoys
& de Cuigy luy firent de Monsieur
de Bergerac, il le voulut auoir aupres de luy : mais la liberté dont il
estoit encore idolatre (car il ne s'attacha que long temps apres à Monsieur d'Arpajon) ne pût iamais luy
faire considerer vn si grand Homme que comme vn maistre : de sorte
qu'il aima mieux n'en estre pas connu & estre libre, que d'en estre aimé
& estre contraint ; & mesme cette
humeur si peu soucieuse de la fortune, & si peu des gens du temps, luy
fit negliger plusieurs belles connois-
sances que la Reuerēde Mere Mar-
guerite, qui l'estimoit particulierement, voulut luy procurer ; comme*

PREFACE.

s'il euſt preſſenty que ce qui fait le
bonheur de cette vie, luy euſt eſté inu-
tile pour s'aſſeurer celuy de l'autre.
Ce fut la ſeule penſée qui l'occupa
ſur la fin de ſes iours d'autant plus
ſerieuſement, que Madame de Neu-
uillette, cette femme toute pieuſe,
toute charitable, toute à ſon pro-
chain parce qu'elle eſt toute à Dieu,
& de qui il auoit l'honneur d'eſtre
parent du coſté de la noble Famille
des Berangers, y contribua de ſorte,
qu'enfin le libertinage dont les ieunes gens ſont pour la pluſpart ſoup-
çonnez, luy parut vn Monſtre, pour
lequel ie puis teſmoigner qu'il eut
depuis cela toute l'auerſion qu'en
doiuent auoir ceux qui veulent viure
Chreſtiennment.

I'auguray ce grand changement
quelque temps auant ſa mort, de ce
que luy ayant vn iour reproché la
melancolie qu'il teſmoignoit dans

PREFACE.

les lieux où il auoit accoustumè de
dire les meilleures & les plus plai-
santes choses, il me respondit, que
c'estoit à cause que commençant à
connoistre le monde, il s'en desabu-
soit; & qu'enfin il se trouuoit dans
vn estat où il preuoyoit que dans peu
la fin de sa vie seroit la fin de ses dis-
graces, mais qu'en veritè son plus
grand desplaisir estoit, de ne l'auoir
pas mieux employée.

Iam iuuenem vides, *me dit-il,*
    inster cum serior ætas
Mærentem stultos præterijsse
    dies.

    Et en veritè, adiousta t'il, ie
croy que Tibulle prophetisoit de
moy quand il parloit de la sorte;
car personne n'eut iamais tant de
regret que i'en ay de tant de beaux
iours passez si inutilement.

    Tu me dois pardonner cette dis-
gression, Lecteur, & si ie me suis si

PREFACE.

fort estendu sur le merite d'vn amy;
sa mort m'exempte du blâme que
i'aurois encouru de l'auoir voulu
flater, outre que de si belles choses
ne sçauroient iamais dèplaire. Pour
donc reprendre la suite des authori-
tez sur lesquelles il s'est fondé, ie dis
que le dèmon dont il se fait seruir si
vtilement pendant son sejour dans
la Lune, n'est pas vne chose inoüye,
puis que Thales & Heraclite ont
dit que le monde en estoit remply;
outre ce qu'on a publié de ceux de
Socrate, de Dion, de Brutus, & de
plusieurs autres: La pluralitè des
mondes dont il a parlè, est appuyèe
sur le sentiment de Democrite qui
l'a soûtenuë; de mesme que l'infiny
& les petits corps ou atomes dont il
a discouru en quelques endroits a-
pres ce Philosophe, Epicure, & Lu-
crece.

Le mouuement qu'il donne à la

PREFACE.

terre n'eſt pas nouueau, puis que
Pitagore, Philolaus, & Ariſtar-
que, ſouſtinrent autrefois qu'elle
tournoit autour du Soleil qu'ils mettoient le centre du monde. Leucippe,
& pluſieurs autres, ont preſque dit
la meſme choſe; mais Copernic dans
le dernier ſiecle l'a ſouſtenuë plus
hautement que tous, puis qu'il a
changé le ſiſteme de Ptolomée auparauant ſuiuy de tous les Aſtrono-
mes, dont la pluſpart approuue auiourd'huy celuy de Copernic, d'autant plus ſimple & plus aiſé qu'il
met le Soleil au centre du monde,
la terre entre les Planettes à la place que Ptolomée y donne au Soleil,
c'eſt à dire qu'il fait mouuoir autour
du Soleil la Sphere de Mercure,
puis celle de Venus, puis celle de
la terre, au bord de laquelle il met
vn Epicicle, ſur lequel il fait tourner la Lune autour de la terre, &

acheuer ſa reuolution en vingt ſept
iours, outre celle qu'il luy fait faire
auec la meſme terre autour du Soleil en vn an.

Ie te confeſſeray toutesfois , Lecteur, que ce changement m'eſt indife-
rëd, parce que ie ne profeſſe point ces
ſciences qui ſont trop abſtraittes
pour moy , & ie te proteſte que tout
ce que i'en ſçay , ne conſiſte qu'en
quelques termes que me fournit la
memoire de quelque lecture des ouurages qui en traittent. C'eſt pourquoy ie declare que par ce que i'ay
dit de Copernic , ie n'ay point pre-
tendu offenſer Ptolomée; il me ſuffit
que cœli enarrent gloriam Dei,
& que leur admirable ſtructure me
prouue qu'ils ne ſont point l'ouurage
de la main des hommes. Quoy
qu'en ait dit Ptolomée, ils ne ſont
que ce qu'ils ont touſiours eſté ; &
quelque changement qu'y ait ap-

PREFACE.

portè Copernic, ils font demeurez
dans le mefme lieu & dans la mefme
fonction que leur a donnè l'Eftre
fouuerain, qui fans changer peut
feul changer toutes chofes. J'ay dit
au commencement de ce difcours le
fuiet qui me l'a fait entreprendre,
& dans la fuite on peut connoiftre
comment & pourquoy i'ay citè tous
ces Sçauans. Ie te prie, Lecteur,
de t'en fouuenir, afin de iuftifier le
ptu ou point de déference que i'ay
pour tout ce qui peut commettre la
veritè de ma croyance auec les imaginations d'autruy.

HISTOIRE

COMIQVE.

Par M. De Cyrano de Bergerac.

LA Lune estoit en son plein, le Ciel estoit dé-couuert, & neuf heures du soir estoient sonnées, lors que reuenant de Clamard pres Paris (où Monsieur de Cuigy le fils, qui en est Seigneur, nous auoit regalez plusieurs de mes amis & moy) les diuerses pensées

que nous donna cette boule de safran,
nous défrayerent sur le chemin : De
sorte que les yeux noyez dans ce
grand Astre, tantost l'vn le prenoit
pour vne lucarne du Ciel ; tantost vn
autre asseuroit que c'estoit la platine
où Diane dresse les rabas d'Apolon;
vn autre, que ce pouuoit bien estre le
Soleil luy-mesme, qui s'estant au soir
dépoüillé de ses rayons, regardoit
par vn trou ce qu'on faisoit au monde
quand il n'y estoit pas : Et moy, leur
dis-ie, qui souhaite mesler mes an-
tousiasmes aux vostres, ie croy, sans
m'amuser aux imaginations pointuës
dont vous chatoüillez le temps pour
le faire marcher plus viste, que la
Lune est vn monde comme celuy-cy,
à qui le nostre sert de Lune. Quelques-vns de la compagnie me regale-
rent d'vn grand éclat de rire. Ainsi
peut-estre, leur dis-ie, se moque-t'on
maintenant dans la Lune de quelque
autre, qui soustient que ce globe-cy
est vn monde. Mais i'eus beau leur
alleguer que plusieurs grands Hom-

mes auoient efté de cette opinion, ie
ne les obligeay qu'à rire de plus
belle.

Cette penfée cependant, dont la
hardieffe biaifoit à mon humeur, af-
fermie par la contradiction, fe plon-
gea fi profondement chez moy, que
pendant tout le refte du chemin ie
demeuray gros de mille définitions
de Lune, dont ie ne pouuois accou-
cher: de forte qu'à force d'appuyer
cette croyance burlefque par des raifonnemens prefque ferieux, il s'en
falloit peu que ie n'y déferaffe defia,
quand le miracle ou l'accident, la
prouidence, la fortune, ou peut-eftre
ce qu'on nommera vifion, fiction,
chimere, ou folie fi on veut, me
fournit l'occafion qui m'engagea à ce
difcours. Eftant arriué chez moy, ie
montay dans mon Cabinet, où ie
trouuay fur la table vn Liure ouuert
que ie n'y auois point mis. C'eftoit
celuy de Cardan; & quoy que ie
n'euffe pas deffein d'y lire, ie tombay
de la voüë, comme par force, iufte-

ment fur vne hiftoire de cet Philofophe, qui dit, qu'eftudiant vn foir à la
chandelle, il apperceut entrer au tra ·
uers des portes fermées deux grands
Vieillards, lefquels apres beaucoup
d'interrogations qu'il leur fit, répondirent qu'ils eftoient habitans de la
Lune, & en mefme temps difparu-
rent. le demeuray fi furpris, tant de
voir vn Liure qui s'eftoit apporté là
tout feul, que du temps & de la
feüille où il s'eftoit rencontré ouuert,
que ie pris toute cette enchaifnure
d'incidens pour vne infpiration de
faire connoiftre aux hommes que la
Lune eft vn monde. Quoy, difoy-ie
en moy-mefme, apres auoir tout auiourd'huy parlé d'vne chofe, vn Liure qui peut eftre eft le feul au monde où cette matiere fe traitte fi particulierement, voler de ma Bibliothe-
que fur ma table, deuenir capable de
raifon, pour s'ouurir iuftement à
l'endroit d'vne auanture fi merueil-
leufe ; entraifner mes yeux deffus,
comme par force, & fournir en fuite

à ma fantaiſie les reflexions, & à ma
volonté les deſſeins que ie faits? Sans
doute, continuois-ie, les deux Vieillards qui apparurent à ce grand
Homme, ſont ceux là meſmes qui
ont dérangé mon Liure, & qui l'ont
ouuert ſur cette page, pour s'épar-
gner la peine de me faire la harangue
qu'ils ont faite à Cardan. Mais, ad-
iouſtois-ie, ie ne ſçaurois m'éclaircir
de ce doute, ſi ie ne monte iuſques là?
Et pourquoy non? me répondoy-ie
auſſi-toſt; Prometée fut bien autrefois au Ciel y dérober du feu. Suis ie
moins hardy que luy? & ay-ie lieu
de n'en pas eſperer vn ſuccés auſſi fauorable?

A ces boutades, qu'on nommera
peut eſtre des accés de fievre chaude,
ſuccéda l'eſperance de faire reüſſir vn
ſi beau voyage: de ſorte que ie m'en-
fermay, pour en venir à bout, dans
vne maiſon de campagne aſſez écar-
tée, où apres auoir flatté mes reſve-
ries de quelques moyens proportionnez à mon ſuiet, voicy comme ie

me donnay au Ciel.

I'auois attaché tout autour de moy
quantité de fioles pleines de rofée, fur
lefquelles le Soleil dardoit fes rayons
fi violemment, que la chaleur qui les
attiroit, comme elle fait les plus
groffes nuées, m'éleua fi haut, qu'enfin ie me trouuay au deffus de la
moyenne region. Mais comme cette
attraction me faifoit monter auec
trop de rapidité, & qu'au lieu de
m'approcher de la Lune comme ie
pretendois, elle me paroiffoit plus
éloignée qu'à mon partement, ie
caffay plufieurs de mes fioles, iufques à ce que ie fentis que ma pefanteur furmontoit l'attraction, & que
ie redeffendois vers la terre. Mon
opinion ne fut point fauffe; car i'y
retombay quelque temps apres; & à
compter de l'heure que i'en eftois
party, il deuoit eftre minuit. Cependant ie reconnus que le Soleil eftoit
alors au plus haut de l'horifon, &
qu'il eftoit là midy. Ie vous laiffe
à penfer combien ie fus eftonné : cer-

tes ie le fus de fi bonne forte, que ne
ne fçachant à quoy attribuer ce miracle, i'eus l'infolence de m'imaginer
qu'en faueur de ma hardieffe Dieu
auoit encore vne fois recloüé le Soleil aux Cieux, afin d'éclairer vne fi
genereufe entreprife. Ce qui accrut
mon eftonnement, ce fut de ne point
connoiftre le païs où i'eftois, veu qu'il
me fembloit qu'eftant monté droit,
ie deuois eftre defcendu au mefme
lieu d'où i'eftois party. Equipé pourtant comme i'eftois, ie m'acheminay
vers vne efpece de chaumiere, où
i'apperceus de la fumée; & i'en eftois à peine à vne portée de piftolet,
que ie me vis entouré d'vn grand
nombre d'hommes tous nuds. Ils
parurent fort furpris de ma rencontre; car i'eftois le premier, à ce que ie
penfe, qu'ils euffent iamais veu ha-
billé de bouteilles. Et pour renuer-
fer encor toutes les interpretations
qu'ils auroient pû donner à cet équi-
page, ils voyoient qu'en marchant ie
ne touchois prefque point à la terre :

Auffi ne ſçauoient - ils pas qu'au
moindre branle que ie donnois à mon
corps, l'ardeur des rayons de Midy
me ſouleuoit auec ma roſée ; & que
ſans que mes fioles n'eſtoient plus en
aſſez grand nombre, i'euſſe eſté poſ-
ſible à leur veuë enleué dans les airs.
Ie les voulus aborder : mais comme
ſi la frayeur les euſt changez en oyſeaux, vn moment les vit perdre dans
la Foreſt prochaine. I'en attrapay vn
toutefois, dont les iambes ſans doute
auoient trahy le cœur. Ie luy demanday auec bien de la peine (car
i'eſtois tout eſſouflé) combien l'on
comptoit de là à Paris, & depuis
quand en France le monde alloit tout
nud, & pourquoy ils me fuyoient
auec tant d'épouuante. Cet homme
à qui ie parlois eſtoit vn Vieillard
oliuaſtre, qui d'abord ſe ietta à mes
genoux ; & ioignant les mains enhaut derriere la teſte, ouurit la bouche, & ferma les yeux. Il marmota
long-temps entre ſes dents, mais ie
ne diſcernay point qu'il articulaſt

rien : de façon que ie pris fon langage
pour le gazoüillement enroüé d'vn
muet.

A quelque temps de là ie vis arriuer vne compagnie de foldats tam-
bour battant, & i'en remarquay deux
fe feparer du gros pour me reconnoiftre. Quand ils furent affez proches pour eftre entendus, ie leur demanday où i'eftois. Vous eftes en
France, me répondirent ils : mais
quel Diable vous a mis en cet eftat?
& d'où vient que nous ne vous con-
noiffons point ? Eft-ce que les Vaiffeaux font arriuez ? En allez-vous
donner aduis à Monfieur le Gouuerneur ? & pourquoy auez vous di-
uifé voftre eauë de vie en tant de
bouteilles ? A tout cela ie leur repartis, que le Diable ne m'auoit point
mis en cet eftat : qu'ils ne me con-
noiffoient pas, à caufe qu'ils ne pou-
uoient pas connoiftre tous les hommes : que ie ne fçauois point que la
Seine portat de Navire à Paris : que
ie n'auois point d'aduis à donner à

A v

Monſieur le Mareſchal de Lhoſpital,
& que ie n'eſtois point chargé d'eauë
de vie. Ho, ho, me dirent ils, me
prenant le bras, vous faites le gail-
lard : Monſieur le Gouuerneur vous
connoiſtra bien luy. Ils me menerent
vers leur gros, où i'appris que i'eſtois
veritablement en France, mais en la
nouuelle : de ſorte qu'à quelque
temps de là ie fus preſenté au Vice-
Roy, qui me demanda mon païs, mon
nom, & ma qualité ; & apres que ie
l'eus ſatisfait, luy contant l'agreable
ſuccés de mon voyage, ſoit qu'il le
crût, ſoit qu'il feignit de le croire, il
eut la bonté de me faire donner vne
chambre dans ſon appartement. Mon
bonheur fut grand de rencontrer vn
homme capable de hautes opinions,
& qui ne s'eſtonna point, quand ie
luy dis qu'il falloit que la Terre euſt
tourné pendant mon éleuation ; puis
qu'ayant commencé de monter à
deux lieuës de Paris, i'eſtois tombé
par vne ligne quaſi perpendiculaire
en Canada.

Le foir, comme ie m'allois coucher,
il entra dans ma chambre, & me dit:
I e ne ferois pas venu interrompre
voftre repos, fi ie n'auois crû qu'vne
perfonne qui a pû trouuer le fecret de
faire tãt de chemin en vn demy iour,
n'ait pas eu auffi celuy de ne fe point
laffer. Mais vous ne fçauez pas, adioufta-t'il, la plaifante querelle que
ie viens d'auoir pour vous auec nos
Peres? Ils veulent abfolument que
vous foyez Magicien; & la plus
grande grace que vous puiffiez ob-
tenir d'eux, eft de ne paffer que pour
impofteur: Et en effet, ce mouuement que vous attribuez à la Terre,
eft vn paradoxe affez delicat; & pour
moy ie vous diray franchement, que
ce qui fait que ie ne fuis pas de voftre
opinion, c'eft qu'encor qu'hyer vous
foyez party de Paris, vous pouuez
eftre arriué auiourd'huy en cette
contrée, fans que la Terre ait tõurné:
Car le Soleil vous ayant enleué par
le moyen de vos bouteilles, ne doit il
pas vous auoir amené icy, puis que

felon Ptolomée, & les Philofophes
modernes, il chemine du biais que
vous faites marcher la Terre ? Et
puis quelle grande vray-femblance
auez vous, pour vous figurer que le
Soleil foit immobile, quand nous le
voyons marcher ? & quelle appa-
rence que la Terre tourne auec tant
de rapidité, quand nous la fentons
ferme deffous nous ? Monfieur, luy
repliquay-ie, voicy les raifons à peu
pres qui nous obligent à le preiuger.
Premierement, il eft du fens commun de croire que le Soleil a pris
place au centre de l'Vniuers, puis
que tous les corps qui font dans la
Nature ont befoin de ce feu radical,
qu'il habite au cœur du Royaume
pour eftre en eftat de fatisfaire promptement à la neceffité de chaque partie, & que la caufe des generations
foit placée au milieu de tous les corps
pour y agir également & plus aifé-
ment : de mefme que la fage Nature
a placé les parties genitales dans
l'homme, les pepins dans le centre

des pommes, les noyaux au milieu de
leur fruit, & de mefme que l'oignon
conferue à l'abry de cent efcorces
qui l'enuironnent le precieux germe,
où dix millions d'autres ont à puifer
leur effence : Car cette pomme eft
vn petit Vniuers à foy-mefme, dont
le pepin plus chaud que les autres
parties eft le Soleil qui répand autour de foy la chaleur, conferuatrice
de fon globe : & ce germe dans cet
oignon, eft le petit Soleil de ce petit
Monde, qui réchauffe & nourit le
fel vegetatif de cette petite maffe.
Cela donc fupofé, ie dis que la Terre
ayant befoin de la lumiere, de la chaleur, & de l'influence de ce grand
feu, elle fe tourne autour de luy pour
receuoir également en toutes fes parties cette vertu qui la conferue. Car
il feroit auffi ridicule de croire que ce
grand corps lumineux tournat autour d'vn poinct dont il n'a que faire,
que de s'imaginer quand nous voyõs
vne Allouëtte roftie, qu'on a pour la
cuire tourné la cheminée à l'entour.

Autrement ſi c'eſtoit au Soleil à faire
cette coruée, il ſembleroit que la medecine euſt beſoin du malade ; que le
fort deuſt plier ſous le foible, le grand
feruir au petit ; & qu'au lieu qu'vn
Vaiſſeau cingle le long des coſtes
d'vne Prouince, on deuſt faire promener la Prouince autour du Vaiſſeau. Que ſi vous auez peine à comprendre comme vne maſſe ſi lourde
ſe peut mouuoir ; dites-moy, ie vous
prie, les Aſtres & les Cieux que vous
faites ſi ſolides, ſont-ils plus legers ?
Encore eſt-il plus aiſé à nous, qui
ſommes aſſeurez de la rondeur de la
Terre, de conclure ſon mouuement
par ſa figure : Mais pourquoy ſupo-
ſer le Ciel rond, puis que vous ne le
ſçauriez ſçauoir, & que de toutes les
figures, s'il n'a pas celle-cy, il eſt certain qu'il ne ſe peut mouuoir ? Ie ne
vous reproche point vos excentri-
ques, vos concentriques, ny vos epi-
cicles ; tous leſquels vous ne ſçauriez
expliquer que tres-confuſément,
& dont ie ſauue mon Siſteme. Par-

lons seulement des causes naturelles
de ce mouuement. Vous estes contraints vous autres de recourir aux
intelligences qui remuënt & gouuer-
nent vos globes. Mais moy, sans interrompre le repos du souuerain Estre, qui sans doute a creé la Nature
toute parfaite, & de la sagesse duquel
il est de l'auoir acheuée, de telle sorte
que l'ayant accomplie pour vne chose, il ne l'ait pas renduë défectueuse
pour vn autre ; ie dis que les rayons
du Soleil, auec ses influences, venant
à frapper dessus par leur circulation,
la font tourner comme nous faisons
tourner vn globe en le frappant de la
main ; ou de mesme que les fumées
qui s'éuaporent continuellement de
son sein du costé que le Soleil la re-
garde, repercutées par le froid de la
moyenne region, rejalissent dessus, &
de necessité ne la pouuant fraper que
de biais, la font ainsi piroueter.

L'explication des deux autres mou-
uemens est encore moins embrouïl-
lée, considerez vn peu ie vous prie.

A ces mots le Vice-Roy m'inter-
rópit, & i'aime mieux dit-il vous dif-
penfer de cette peine (auſſi bien ay-
ie leu fur ce fujet quelques Liures de
Gaſſendi) mais à la charge que vous
efcouterez ce que me répondit vn
iour vn de nos Peres qui fouſtenoit
voſtre opinion. En effet, difoit-il, ie
m'imagine que la Terre tourne, non-
point pour les raiſons qu'allegue Copernic, mais pource que le feu d'En-
fer eſtant enclos au cétre de la Terre,
les damnez qui veulent fuyr l'ardeur
de fa flame, grauiſſent pour s'en éloi-
gner contre la voûte, & font ainſi
tourner la Terre comme vn Chien
fait tourner vne roüe lors qu'il court
enfermé dedans.

Nous loüames quelque temps cette
penſée comme vn pur effet du zele de
ce bon Pere : & enfin le Vice-Roy
me dit qu'il s'eſtonnoit fort, veu que
le Siſteme de Ptolomée eſtoit ſi peu
probable, qu'il cuſt eſté ſi generale-
ment receu. Monſieur, luy répondis ie, la pluſpart des hommes qui

ne iugent que par le fens, fe font laif-
fez perfuader à leurs yeux, & de
mefme que celuy dont le Vaiffeau
vogue terre à terre, croit demeurer
immobile, & que le riuage chemine;
ainfi les hommes tournans auec la
Terre autour du Ciel, ont crû que
c'eftoit le Ciel luy mefme qui tournoit autour d'eux. Adiouftez à cela
l'orgueil infuportable des humains,
qui fe perfuadent que la Nature n'a
efté faite que pour eux, comme s'il
eftoit vray-femblable que le Soleil,
vn grand corps, quatre cens trente-
quatre fois plus vafte que la Terre,
n'eut efté allumé que pour meurir
fes neffles & pommer fes choux.
Quant à moy, bien loin de confentir
à leur infolence, ie croy que les Planettes font des Mondes autour du
Soleil, & que les Eftoilles fixes font
auffi des Soleils qui ont des Planettes
autour d'eux, c'eft à dire des Mondes
que nous ne voyons pas d'icy à caufe
de leur petiteffe, & parce que leur lumiere empruntée ne fçauroit venir

iufqu'à nous : Car comment en
bonne foy s'imaginer que ces globes
fi fpacieux ne foient que de grandes
campagnes defertes, & que le noftre, à caufe que nous y campons, ait
efté bafty pour vne douzaine de petits fuperbes ? Quoy, parce que le
Soleil compaffe nos iours & nos
ames, eft-ce à dire pour cela qu'il
n'ait efté conftruit qu'afin que nous
ne frappions pas de la tefte contre les
murs ? Non, non, fi ce Dieu vifible
éclaire l'homme, c'eft par accident,
comme le flambeau du Roy éclaire
par accident au Crocheteur qui paffe
par la ruë : Mais, me dit il, fi comme
vous affeurez, les Eftoilles fixes font
autant de Soleils, on pourroit conclure de là, que le Monde feroit-in-
finy, puis qu'il eft vray-femblable
que les peuples de ce Monde qui
font autour d'vne Eftoille fixe que
vous prenez pour vn Soleil, décou-
urent encor au deffus d'eux d'autres
Eftoilles fixes que nous ne fçaurions
apperceuoir d'icy, & qu'il en va de

cette forte à l'infiny.

N'en doutez point, luy repliquay-
ie ; comme Dieu a pû faire l'Ame im-
imortelle, il a pû faire le Monde infiny, s'il eſt vray que l'Eternité n'eſt
rien autre choſe qu'vne durée ſans
bornes, & l'infiny vne eſtenduë ſans
limites : Et puis Dieu ſeroit finy luy-
meſme, ſupoſé que le Monde ne fut
pas infiny, puis qu'il ne pourroit pas
eſtre où il n'y auroit rien, & qu'il ne
pourroit accroiſtre la grandeur du
Monde, qu'il n'adiouſtat quelque
choſe à ſa propre eſtenduë, commençant d'eſtre où il n'eſtoit pas auparauant. Il faut donc croire que comme nous voyons d'icy Saturne & Iu-
piter, ſi nous eſtions dans l'vn ou
dans l'autre, nous découuririons
beaucoup de monde que nous n'ap-
perceuons pas, & que l'Vniuers eſt à
l'infiny conſtruit de cette ſorte. Ma
foy, me repliqua-t'il, vous auez beau
dire, ie ne ſçaurois du tout comprendre cet infiny. Hé dites-moy, luy
repartis-ie, compreñez vous le rien

qui eſt au dela ? point du tout. Car
quand vous ſongez à ce neant, vous
vous l'imaginez tout au moins comme du vent ou comme de l'air, &
cela c'eſt quelque choſe : mais l'infiny, ſi vous ne le comprenez en general, vous le conceuez au moins par
parties, puis qu'il n'eſt pas difficile
de ſe figurer au dela de ce que nous
voyons de terre & d'air, du feu,
d'autre air, & d'autre terre. Or l'infiny n'eſt rien qu'vne tiſſure ſans bornes de tout cela. Que ſi vous me demandez de quelle façon ces Mondes
ont eſté faits, veu que la ſainte Eſcri-
ture parle ſeulement d'vn que Dieu
crea, ie réponds que ie ne diſpute
plus : Car ſi vous voulez m'obliger à
vous rendre raiſon de ce que me
fournit mon imagination, c'eſt m'oſter la parole, & m'obliger de vous
confeſſer que mon raiſonnement le
cedera touſiours en ces ſortes de choſes à la Foy. Il me dit qu'à la verité
ſa demande eſtoit blâmable, mais
que ie repriſſe mon idée : De ſorte,

adiouſtay ie, que tous ces autres
Mondes qu'on ne voit point, ou
qu'on ne croit qu'imparfaitement,
ne ſont rien que l'écume des Soleils
qui ſe purgent. Car comment ces
grands feux pourroient ils ſubſiſter,
s'ils n'eſtoient attachez à quelque
matiere qui les nourrit ? Or de meſme que le feu pouſſe loin de chez ſoy
la cendre dont il eſt eſtouffé, de meſme que l'or dans le creuſet ſe détache
en s'affinant du marcaſſite qui affoi-
blit ſon carat, & de meſme encore
que noſtre cœur ſe dégage par le vo-
miſſement des humeurs indigeſtes
qui l'attaquent ; ainſi ces Soleils dé-
gorgent tous les iours, & ſe purgent
des reſtes de la matiere qui noüoit
leur feu : mais lors qu'ils auront tout
à fait conſommé cette matiere qui
les entretient, vous ne deuez point
douter qu'ils ne ſe répandent de tous
coſtez pour chercher vne autre paſ-
ture, & qu'ils ne s'attachent à tous
les Mõdes qu'ils aurõt conſtruits autrefois, à ceux particulierement qu'ils

rencontreront les plus proches ; alors
ces grands feux rebroüillans tous les
corps, les rechafferont pefle-mefle de
toutes parts comme auparauant, &
s'eftant peu à peu purifiez, ils com-
menceront de feruir de Soleils à d'autres petits Mondes qu'ils engendre-
ront en les pouffant hors de leurs
fpheres : Et c'eft ce qui a fait fans
doute predire aux Pitagoriciens
l'embrafement vniuerfel. Cecy n'eft
pas vne imagination ridicule, la nouuelle France où nous fommes en produit vn exemple bien conuaincant.
Ce vafte continent de l'Amerique eft
vne moitié de la Terre, laquelle en
dépit de nos predeceffeurs qui auoiét
mille fois cinglé l'Ocean, n'auoit
point encor efté découuerte : auffi
n'y eftoit-elle pas encor, non plus qus
beaucoup d'Ifles, de peninfules, &
de montagnes qui fe font foûleuées
fur noftre globe, quand les roüillures
du Soleil qui fe nettoyoit ont efté
pouffées affez loin, & condenfées en
pelotons affez pefans pour eftre atti-

rez par le centre de noftre Monde,
poffible peu apres en particules me-
nuës, peut eftre auffi tout à coup en
vne maffe. Cela n'eft pas fi déraifon-
nable, que S. Auguftin n'y euft ap-
plaudy, fi la découuerte de ce païs
euft efté faite de fon âge ; puis que ce
grand perfonnage, dont le genie eftoit fort éclairé, affeure que de fon
temps la Terre eftoit plate comme
vn four, & qu'elle nageoit fur l'eauë
comme la moitié d'vne orange cou-
pée : mais fi i'ay iamais l'honneur de
vous voir en France, ie vous feray
obferuer par le moyen d'vne lunette
fort excellente, que certaines obfcu-
ritez qui d'icy paroiffent des taches,
font des Mondes qui fe conftrui-
fent.

Mes yeux qui fe fermoient en acheuant ce difcours, obligerent le Vice-
Roy de fortir. Nous eufmes le lendemain, & les iours fuiuans, des entretiens de pareille nature : mais
comme quelque temps apres l'em-
barras des affaires de la Prouince ac-

crocha noſtre Philoſophie, ie retombay de plus belle au deſſein de monter à la Lune.

.Ie m'en allois dés qu'elle eſtoit le-
uée reſvant parmy les bois, à la con-
duite & au reüſſit de mon entrepriſe;
& enfin vne veille de S. Iean qu'on
tenoit conſeil dans le Fort pour dé-
terminer ſi l'on donneroit ſecours
aux Sauuages du païs contre les Iro-
quois, ie m'en allay tout ſeul derriere
noſtre habitation au coupeau d'vne
petite montagne, où voicy ce que i'e-
xecutay. I'auois fait vne machine
que ie m'imaginois capable de m'é-
leuer autant que ie voudrois, en ſorte
que rien de tout ce que i'y croyois
neceſſaire n'y manquant, ie m'aſſis
dedans, & me precipitay en l'air du
haut d'vne roche : mais parce que ie
n'auois pas bien pris mes meſures,
ie culbutay rudement dans la valée.
Tout froiſſé neantmoins que i'eſtois,
ie m'en retournay dans ma chambre
ſans perdre courage, & ie pris de la
moüelle de bœuf, dont ie m'oignis
                                    tout

le coprs, car i'eſtois tout meurtry depuis la teſte iuſqu'au pieds ; & apres
m'eſtre fortifié le cœur d'vne bou-
teille d'eſſence cordiale, ie m'en retournay chercher ma machine, mais
ie ne la trouuay point, car certains
ſoldats qu'on auoit enuoyez dans la
foreſt couper du bois pour faire le feu
de la S. Iean, l'ayant rencontrée par
hazard, l'auoient apportée au Fort,
où apres pluſieurs explications de ce
que ce pouuoit eſtre ; quand on eut
découuert l'inuention du reſſort,
quelques-vns dirent qu'il y falloit at-
tacher quantité de fuſées volantes,
pource que leur rapidité les ayant
enleuées bien haut & le reſſort agi-
tant ſes grandes aiſles, il n'y auroit
perſonne qui ne priſt cette machine
pour vn Dragon de feu : ie la cher-
chay long-temps cependant, mais
enfin ie la trouuay au milieu de la
place de Kebec, comme on y mettoit
le feu. La douleur de rencontrer
l'œuure de mes mains en vn ſi grand
peril, me tranſporta tellement, que

B

ie courus faifir le bras du foldat qui y
allumoit le feu, ie luy arrachay fa
mefche, & me iettay tout furieux
dans ma machine pour brifer l'artifice dont elle eftoit enuironnée; mais
i'arriuay trop tard, car à peine y
eu-ie les deux pieds que me voila enleué dans la nuë: l'horreur dont ie
fus c i fterné ne renuerfa point tellement les facultez de mon ame, que
ie ne me fois fouuenu depuis de tout
ce qui m'arriua en cet inftant. Car
dés que la flame eut deuoré vn rang
de fufées, qu'on auoit difpofées fix à
fix, par le moyen d'vne amorce qui
bordoit chaque demy douzaine, vn
autre eftage s'embrafoit, puis vn autre; en forte que le falpeftre prenant
feu, efloignoit le peril en le croiffant.
La matiere toutefois eftant vféc fit
que l'artifice manqua, & lors que ie
ne fongeois plus qu'à laiffer ma tefte
fur celle de quelque montagne: Ie
fentis (fans que ie remuaffe aucunement) mon eleuation continuée, &
ma machine prenant congé de moy,

ie la vis retomber vers la terre.
Cette auanture extraordinaire me
gonfla le cœur d'vne ioye ſi peu commune, que rauy de me voir deliuré
du danger aſſeuré, i'eus l'impudance
de philoſopher là deſſus. Comme
donc ie cherchois des yeux & de la
penſée ce qui en pouuoit eſtre la
cauſe, i'apperceus ma chair bour-
ſouflée & graſſe encore de la moëlle
dont ie m'eſtois enduit pour les
meurtriſſures de mon treſbuche-
ment ; ie connus qu'eſtant alors en
decours, & la Lune pendant ce
quartier ayant accouſtumé de ſuccer
la moëlle des animaux, elle buuoit
celle dont ie m'eſtois enduit auec
d'autant plus de force que ſon globe
eſtoit plus proche de moy, & que
l'interpoſition des nuées n'en affoi-
bliſſoit point la vigueur.

Quand i'eus percé ſelon le calcul
que i'ay fait depuis beaucoup plus
des trois quarts du chemin qui
ſepare la terre d'auec la Lune, ie me
vis tout d'vn coup choir les pieds en

B ij

hault, fans auoir culbuté en aucune
façon, encor ne m'en fus ie pas apperceu fi ie n'euffe fenty ma tefte
chargée du poids de mon corps : ie
connus bien à la verité que ie ne re-
tombois pas vers noftre monde, car
encore que ie me trouuaffe entre
deux Lunes, & que ie remarquaffe
fort bien que ie m'efloignois de l'vne
à mefure que ie m'approchois de l'autre, i'eftois affeuré que la plus grande
eftoit noftre globe; pource qu'au
bout d'vn iour ou deux de voyage,
les refractions efloignées du Soleil
venant à confondre la diuerfité des
lorps & des climats, il ne m'auoit
plus paru que comme vne grande
epaque d'or, cela me fit imaginer que
ie baiffois vers la Lune, & ie me con-
firmay dans cette opinion, quand ie
vins à me fouuenir que ie n'auois
commencé de choir qu'apres les trois
quarts du chemin. Car, difois-ie
en moy-mefme, cette maffe eftant
moindre que la noftre, il faut que la
fphere de fon actiuité ait auffi moins

d'eſtenduë, & que par conſequent
i'aye ſenty plus tard la force de ſon
centre.

Enfin apres auoir eſté fort long-
temps à tomber, à ce que ie preiugé,
car la violence du precipice m'em-
peſcha de le remarquer : Le plus
loin dont ie me ſouuiens, c'eſt que ie
me trouuay ſous vn arbre embarraſſé
auec trois ou quatre branches aſſez
groſſes que i'auois eſclatées par ma
cheute & le viſage moüillé d'vne
pomme qui s'eſtoit écachée contre.

Par bonheur ce lieu là eſtoit comme vous le ſçaurez bien-toſt . . . . . .
. . . . . Ainſi vous pouuez bien
iuger que ſans ce hazard ie ſerois
mille fois mort. I'ay ſouuent fait depuis reflexion ſur ce que le vulgaire
aſſeure qu'en ſe precipitant d'vn lieu
fort haut, on eſt eſtouffé auparauant
de toucher la terre, & i'ay conclu de
mon auanture qu'il en auoit menty,
ou bien qu'il falloit que le ius energi-
que de ce fruit qui m'auoit coulé
dans la bouche euſt rappellé mon

ame qui n'eſtoit pas loin de mon cadavre encore tout tiede & encore
diſpoſé aux fonctions de la vie. En
effet ſi toſt que ie fus à terre ma douleur s'en alla auant meſme de ſe peindre en ma memoire & la faim dont
pendant mon voyage i'auois eſté
beaucoup trauaillé ne me fit trouuer
en ſa place qu'vn leger ſouuenir de
l'auoir perduë,

　A' peine quand ie fus releué, eus ie
obſerué la plus large de quatre grandes riuieres qui forment vn lac en la
bouchant, que l'eſprit ou l'ame inui-
ſible des ſimples qui s'exalent ſur
cette contrée, me vint réioüir l'o-
dorat; & ie connus que les cailloux
n'y eſtoient ny durs & raboteux, &
qu'ils auoient ſoin de s'amollir
quand on marchoit deſſus. Ie rencontray d'abord vne eſtoille de cinq aue-
nuës, dont les arbres par leur exceſſi-
ue hauteur ſembloiét porter au Ciel
vn parterre de haute fuſteye : en promenant mes yeux de la racine au
ſommet, puis les precipitant du faiſte

iufqu'au pied, ie doutois fi la terre les
portoit, ou fi eux-mefmes ne portoient point la terre penduë à leurs
racines ; leur front fuperbement efle-
ué, fembloit auffi plier comme par
force fous la pefanteur des globes
celeftes dont on diroit qu'ils ne fou-
ftiennent la charge 'qu'en gemiffant,
leurs bras eftendus vers le Ciel, tef-
moignoient en l'embraffant demander aux Aftres la benignité toute
pure de leurs iufluences, & les receuoir auparauant qu'elles ayent rien
perdu de leur innocence, au lit des
Elemens. Là de tous coftez les
fleurs fans auoir eu d'autre Iardinier
que la Nature, refpirent vne haleine
fi douce, quoy que fauuage, qu'elle
réueille & fatisfait l'odorat ; là l'in-
carnat d'vne Rofe fur l'églantier, &
l'azur efclattant d'vne Violette fons
des ronces ne laiffant point de liberté
pour le choix, font iuger qu'elles font
toutes deux plus belles l'vne que l'autre ; là le Printemps compofe toutes
les Saifons ; là ne germe point de

plante veneneufe que fa naiffance ne
trahiffe fa conferuation ; là les ruif-
feaux par vn agreable murmure ra-
content leurs voyages aux cailloux;
là mille petits gofiers emplumez font
retentir la foreft au bruit de leurs me-
lodieufes chanfons , & la tremouf-
fante affemblée de ces diuins mufi-
ciens eft fi generale, qu'il femble que
chaque feüille dans le bois ait pris la
langue & la figure d'vn Roffignol;
& mefme Echo prend tant de plaifir
à leurs airs, qu'on diroit à les luy entendre repeter qu'elle ait enuie de les
apprendre : à cofté de ce bois fe
voyent deux prairies, dont le vergay
continu fait vne efmeraude à perte de
veuë.   Le meflange confus des pein-
tures que le Printemps attache à
cent petites fleurs en efgare les nuances l'vne dans l'autre auec vne fi
agreable confufion, qu'on ne fçait fi
ces fleurs agitées par vn doux Ze-
phire, courent pluftoft apres elles-
mefmes qu'elles ne fuyent pour efchapper aux careffes de ce vent fo·

laftre; on prendroit mefme cette prai-
rie pour vn Ocean, à caufe qu'elle
eft comme vne mer qui n'offre point
de riuage, en forte que mon œil ef-
pouuanté d'auoir couru fi loin fans
découurir le bord y ennoyoit vifte-
ment ma penfée, & ma penfée dou-
tant que ce fuft l'extremité du monde
fe vouloit perfuader que des lieux fi
charmans auoient peut eftre forcé le
Ciel de fe ioindre à la terre : au milieu d'vn tapis fi vafte & fi plaifant,
court à boüillons d'argent vne fon-
taine ruftique qui couronne fes bords
d'vn gazon émaillé de baffinets de
violettes & de cent autres petites
fleurs qui femblent fe preffer à qui
s'y mirera la premiere; elle eft encore
au berceau, car elle ne vient que de
naiftre, & fa face ieune & polie ne
monftre pas feulement vne ride : les
grands cercles qu'elle promene en
reuenant mille fois fur foy-mefme,
monftrent que c'eft bien à regret
qu'elle fort de fon païs natal, & comme fi elle euft efté honteufe de fe voir

B v

careſſée aupres de ſa mere, elle re-
pouſſa en murmurant ma main qui la
vouloit toucher : les animaux qui
s'y venoient deſalterer, plus raiſonn-
ables que ceux de noſtre monde,
teſmoignoient eſtre ſurpris de voir
qu'il faiſoit grand iour vers l hori-
ſon, pendant qu'ils regardoient le
Soleil aux Antipodes & n'oſoient
ſe pancher ſur le bord de crainte
qu'ils auoient de tomber au Firma-
ment.

Il faut que ie vous auoüe qu'à la
veüe de tant de belles choſes ie me
ſentis chatoüillé de ces agreables
douleurs, qu'on dit que ſent l'em-
brion à l'infuſion de ſon ame : Le
vieil poil me tomba pour faire place
à d'autres cheueux plus eſpois &
plus deliez, ie ſentis ma ieüneſſe ſe
rallumer, mon viſage deuenir ver-
meil, ma chaleur naturelle ſe remeſ-
ler doucement à mon humide radical, enfin ie reculay ſur mon aage enuiron quatorze ans.

l'auois cheminé vne demy lieuë

à trauers vne foreſt de iaſmins & de
myrthes, quand i'apperceus couché
à l'ombre ie ne ſçay quoy qui re-
muoit, c'eſtoit vn ieune adoleſcent
dont la maieſtueuſe beauté me força
preſque à l'adoration, il ſe leua pour
m'en empeſcher, & ce n'eſt pas à
moy, s'écria-t'il, c'eſt à Dieu que tu
dois ces humilitez : Vous voyez vne
perſonne, luy répondis ie, conſterné
de tant de miracles, que ie ne ſçay
par lequel debuter mes admirations;
car venant d'vn monde que vous prenez ſans doute icy pour vne Lune, ie
penſois eſtre abordé dans vn autre,
que ceux de mon païs appellent la
Lune auſſi, & voila que ie me trouue
en Paradis aux pieds d'vn Dieu qui
ne veut pas eſtre adoré, horſmis la
qualité de Dieu, me repliqua-t'il,
dont ie ne ſuis que la Creature : ce
que vous dites eſt veritable, cette
terre cy eſt la Lune que vous voyez
de voſtre globe, & ce lieu cy où vous
marchez eſt. . . . . . . Or en ce
temps là l'imagination chez l'homme

estoit si forte, pour n'auoir point encore esté corrompuë, ny par les dé-
bauches, ny par la crudité des alimens, ny par l'alteration des maladies, qu'estant alors excité au violent desir d'aborder cet azile, & que
sa masse estant deuenuë legere par le
feu de cet antousiasme, il y fut enleué
de la mesme sorte qu'il s'est veu des
Philosophes, leur imagination fortement tenduë à quelque chose, estre
emportez en l'air par des rauissemens
que vous appellez extatiques. . . .
que l'infirmité de son sexe rendoit
plus foible & moins chaude, n'auroit
pas eu sans doute l'imaginatiue assez
vigoureuse pour vaincre par la con-
tention de sa volonté le poids de la
matiere, mais parce qu'il y auoit tres-
peu. . . . . La simpathie
dont cette moitié estoit encore liée à
son tout, la porta vers luy à mesure
qu'il montoit, comme l'ambre se fait
suiure de la paille, comme l'aymant
se tourne au Septentrion d'où il a esté
arraché, & attira cette partie de luy ;

mefme, comme la mer attire les fleuues qui font fortis d'elle. Arriuez
qu'ils furent en voftre terre, ils s'ha-
bituerent entre la Mefopotanie, &
l'Arabie, certains peuples l'ont
connu fous le nom. . . . . . & d'autres fous celuy de Promethée, que
les Poëtes feignirent auoir defrobé
le feu du Ciel, à caufe de fes def-
cendans qu'il engendra pourueus
d'vne ame auffi parfaite que' celle
dont il eftoit remply : ainfi pour ha-
biter voftrre monde cet homme laiffa
celuy-cy defert, 'mais le tout fage ne
voulut pas qu'vne demeure fi heureufe reftaft fans habitans, il permit
peu de fiecles apres ¹. . . . . . . en-
nuyé de la compagnie des hommes,
dont l'innocence fe corrompoit, eut
enuie de les abandonner. Ce perfonnage toutefois ne iugea point de retraitte affeurée contre l'ambition de
fes parens qui s'égorgeoiét defia pour
le partage de voftre monde, finon la
terre bienheureufe, dont fon ayeul
luy auoit tant parlé & dont perfonne
n'auoit encore obferué le chemin:

mais fon imagination y fupplea, car
comme il eut obferué. il
remplit deux grands vafes qu'il luta
hermetiquement & fe les attacha
fous les effelles; la fumée auffi toft
qui tendoit à s'efleuer & qui ne pouuoit penetrer au metail, pouffa les vafes en haut & de la forte enleuerent
auec eux ce grand homme. Quand il
fut monté iufques à la Lune, & qu'il
eut ietté les yeux fur ce beau iardin
vn épanoüiffement de ioye prefque
furnaturelle, luy fit connoiftre que
c'eftoit le lieu où fon ayeul auoit autrefois demeuré : il deflia promptement les vaiffeaux qu'il auoit ceints
comme des aifles autour de fes efpaules & le fit auec tant de bonheur,
qu'à peine eftoit-il en l'air 4. toifes
au deffus de la Lune, qu'il pritcongé
de fçs nageoires; l'efleuation cependant eftoit affez grande pour le beaucoup bleffer fans le grand tour de fa
robe, où le vent s'engouffra & le
fouftint doucement iufques à ce qu'il
euft mis pied à terre : pour les deux

vaſes ils monterent iuſques à vn certain eſpace où ils ſont demeurez, &
c'eſt ce qu'auiourduy vous appellez
les balances. . . . .

Il faut maintenant que ie vous ra-
conte la façon dont i'y ſuis venu ; Ie
croy que vous n'aurez pas oublié
mon nom, car ie vous l'ay dit n'ague-
res : vous ſçaurez donc que i'habi-
tois ſur les agreables bords d'vn des
plus renommez fleuues de voſtre
monde, où ie menois parmy les Liures vne vie aſſez douce pour ne la
pas regretter encore qu'elle s'écou-
laſt : Cependant plus les lumieres
de mon eſprit croiſſoient, plus croiſ-
ſo.t auſſi la connoiſſance de celles
que ie n'auois point : iamais nos Sçauans ne me ramenteuoient l'illuſtre
Mada, que le ſouuenir de ſa Philoſophie parfaite ne me fiſt ſoûpirer, ie
deſeſperois de la pouuoir acquerir,
quand vn iour apres auoir long-
temps reſvé, ie pris de l'aymant enuiron deux pieds en carré que ie mis
dans vn fourneau, puis lors qu'il fut

bien purgé, precipité & diſſout, i'en
tiré l'attractif calciné, & le reduiſis
à la groſſeur d'enuiron vne balle me-
diocre.

En ſuite de ces preparations ie fis
conſtruire vne machine de fer fort
legere, dans laquelle i'entray . . . . . .
& lors que ie fus bien ferme & bien
appuyé ſur le ſiege, ie ruay fort haut
en l'air cette boule d'aymant : or la
machine de fer que i'auois forgée
tout exprès plus maſſiue au milieu
qu'aux extremitez, fut enleuée auſſi-
toſt & dans vn parfait equilibre à
cauſe qu'elle ſe pouſſoit touſiours
plus viſte par cet endroit : ainſi donc
à meſure que i'arriuois où l'aymant
m'auoit attiré, ie reiettois auſſi toſt
ma boule en l'air au deſſus de moy.
Mais, l'interrōpis-ie, cōment láciez
vous voſtre bale ſi droit au deſſus
de voſtre chariot, qu'il ne ſe trouuaſt
iamais à coſté, ie ne voy point de
merueille en cette auáture, me dit-il :
car l'aymant pouſſé qu'il eſtoit en
l'air attiroit le fer droit à ſoy & par

confequent il eſtoit impoſſible que ie
montaſſe iamais à coſté, ie vous diray
meſme que tenant ma boule en ma
main ie ne laiſſois pas de monter parce que le chariot couroit touſiours à
l'aymant que ie tenois au deſſus de
luy: Mais la faillie de ce fer pour s'v-
nir à ma boule eſtoit ſi violente
qu'elle me faiſoit plier le corps en
double, de ſorte que ie n'oſé tenter
qu'vne fois cette nouuelle experience: à la verité c'eſtoit vn ſpeċta-
cle à voir bien eſtonnant, car l'acier
de cette maiſon volante que i'auois
poly auec beaucoup de ſoin reflef-
fiſſoit de tous coſtez la lumiere du
Soleil ſi viue & ſi brillante que ie
croyois moy meſme eſtre tout en
feu. Enfin apres auoir beaucoup
rué & volé apres mon coup,
i'arriuay comme vous auez fait en
vn terme où ie tombois vers ce monde cy, & pource qu'en cet inſtant ie
tenois ma boule bien ſerrée entre
mes mains, ma machine dont le ſiege
me preſſoit pour approcher de ſon
attraċtif ne me quitta point; tout ce

qui me reſtoit à craindre c'eſtoit de
me rompre le col, mais pour m'en
garantir ie reiettois ma boule de
temps en temps, afin que la violence
de la machine retenuë par ſon attractif ſe rallentiſt, & qu'ainſi ma cheute fut moins rude, comme en effet il
arriua, car quand ie me vis à deux ou
trois cens toiſes pres de terre, ie lan-
çay ma bale de tous coſtez à fleur du
chariot, tantoſt deçà, tantoſt de là
iuſques à ce que ie m'en viſſe à vne
certaine diſtance, & auſſi-toſt ie la
iettay au deſſus de moy & ma machine l'ayant ſuiuie ie la quittay &
me laiſſay tomber d'vn autre coſté le
plus doucement que ie pus ſur le ſa-
ble : de ſorte que ma cheute ne fut
pas plus violente que ſi ie fuſſe tombé
de ma hauteur. Ie ne vous repreſen-
teray point l'eſtonnement qui me ſai-
ſit à la veuë des merueilles qui ſont
ceans par ce qu'il fut à peu pres ſemblable à celuy dont ie vous, viens de
voir conſterné. . . . .

I'en auois à peine gouſté qu'vne
époiſſe nuée tomba ſur mon ame, ie

ne vis plus perſonne aupres de moy
& mes yeux ne reconnurent en toute
l'hemiſphere vne ſeule trace du chemin que i'auois fait, & auec tout cela
ie ne laiſſois pas de me ſouuenir de
tout ce qui m'eſtoit arriué. Quand
depuis i'ay fait reflection ſur ce miracle, ie me ſuis figuré que l'eſcorce
du fruit ou i'auois mordu ne m'auoit
pas tout à fait abruty à cauſe que mes
dents la trauerſant ſe ſentirent vn
peu du ius qu'elle couuroit, dont l'e-
nergie auoit diſſipé les malignitez de
l'eſcorce. Ie reſtay bien ſurpris de
me voir tout ſeul au milieu d'vn païs
que ie ne connoiſſois point, i'auois
beau pourmener mes yeux & les ietter par la campagne, aucune creature
ne s'offroit pour les conſoler, enfin ie
reſolus de marcher iuſques à ce que
là fortune me fiſt rencontrer la compagnie de quelques beſtes ou de la
mort.

Elle m'exança, car au bout d'vn
demy quart de lieuë ie rencontray
deux fort grands animaux, dont l'vn

s'arrefta deuant moy , l'autre s'enfuit
legerement au gifte (au moins ie le
penfay ainfi) à caufe qu'à quelque
temps delà ie le vis reuenir accom-
pagné de plus de fept ou huit cent de
mefme efpece qui m'enuironnerent,
quand ie les pus difcerner de pres, ie
connus qu'ils auoient la taille & la figure comme nous.   Cette auanture
me fit fouuenir de ce que iadis i'a-
uois oüy conter à ma Nourrice , des
Syrennes, des Faunes & des Satyres:
de temps en temps ils efleuoient des
huées fi furieufes caufées fans doute
par l'admiration de me voir que ie
croyois quafi eftre deuenu monftre:
Enfin vne de ces beftes hommes
m'ayant pris par le col de mefme les
Loups quand ils enleuent des Brebis
me ietta fur fon dos & me mena dans
leur Ville où ie fus plus eftonné que
deuant, quand ie reconnus en effet
que c'eftoient des hommes, de n'en
rencontrer pas vn qui ne marchaft à
quatre pattes.

   Lors que ce peuple me vit fi petit,

car la plufpart d'entre eux ont douze coudées de longueur, & mon corps fouftenu de deux pieds feulement, ils ne purent croire que ie fuffe vn homme : car ils tenoient que la nature ayant donné aux hommes comme aux beftes deux iambes & deux bras, ils s'en deuoient feruir comme eux, & en effet refuant depuis là deffus, j'ay fongé que cette fcituation de corps n'eftoit point trop extrauagante, quand ie me fuis fouuenu que les enfans lors qu'ils ne font encore inftruits que de nature, marchent à quatre pieds, & qu'ils ne fe leuent fur deux que par le foing de leurs Nourrifes qui les dreffent dans de petits chariots & leurs attachent des lafnieres pour les empefcher de choir fur les quatre, comme la feule affiette ou la figure de noftre maffe encline de fe repofer.

Ils difoient donc (à ce que ie me fuis fait depuis interpreter) qu'infailliblement i'eftois la femelle du petit animal de la Reyne. Ainfi ie

fus en qualité de telle ou d'autre chofe mené droit à l'Hoftel de Ville, où
ie remarquay felon le bourdonne-
ment & les poftures que faifoient &
le peuple & les Magiftrats, qu'ils
confultoient enfemble ce que ie pouuois eftre ; quand ils eurent long-
temps conferé, vn certain Bourgeois
qui gardoit les beftes rares, fupplia
les Efchenins de me commettre à fa
garde en attendant que la Reyne
m'enuoyaft querir pour viure auec
mon mafle : On n'en fit aucune difficulté, & ce bafteleur me porta à fon
logis, où il m'inftruifit à faire le gode-
not, à paffer des culbutes, à figurer
des grimaces, & les aprefdinées il faifoit pendre à la porte vn certain prix
de ceux qui me vouloient voir: Mais
le Ciel flechy de mes douleurs & fafché de voir prophaner le Temple de
fon maiftre, voulut qu'vn iour comme i'eftois attaché au bout d'vne corde, auec laquelle le Charlatan me faifoit fauter pour diuertir le monde;
i'entendis la voix d'vn homme qui

me demanda en Grec qui i'eſtois. Ie
fus bien eſtonné d'entendre parler en
ce païs là comme en noſtre monde : il
m'interrogea quelque temps, ie luy
répondis & luy contay en ſuitte ge-
nerallement toute l'entrepriſe & le
ſuccez de mon voyage, il me conſola
& ie me ſouuiens qu'il me dit, hé
bien mon fils, vous portez enfin la
peine des foibleſſes de voſtre monde,
il y a du vulgaire icy côme là qui ne
peut ſouffrir la penſée des choſes où
il n'eſt point accouſtumé : mais ſçachez qu'on ne vous traitte qu'à la pareille, & que ſi quelqu'vn de cette
terre auoit monté dans la voſtre, auec
la hardieſſe de ſe dire homme, vos
ſçauans le feroient eſtouffer comme
vn monſtre : il me promit en ſuite
qu'il aduertiroit la Cour de mon de-
ſaſtre, & il adiouſta qu'auſſi toſt qu'il
auoit ſceu la nouuelle qui couroit de
moy, il eſtoit venu pour me voir &
m'auoit reconnu pour vn homme du
monde, dont ie me diſois, par ce qu'il
y auoit autrefois voyagé & qu'il

auoit demeuré en Grece, où on l'appelloit le Demon de Socrate, qu'il
auoit depuis la mort de ce Philoſophe gouuerné & inſtruit à Thebes
Epaminondas ; qu'en ſuite eſtant
paſſé chez les Romains, la Iuſtice l'a-
uoit attaché au party du ieune Ca-
ton, qu'apres ſa mort il s'eſtoit donné
à Brutus. Que tous ces grands per-
ſonnages n'ayant laiſſé en ce monde
à leurs places que le phantoſme de
leurs vertus, il s'eſtoit retiré auec ſes
compagnons dans les temples & dans
les ſolitudes : Enfin , adiouſta-t'il le
peuple de voſtre terre deuint ſi ſtu-
pide & ſi groſſier, que mes compagnons & moy perdiſmes tout le
plaiſir que nous auions autrefois pris
à l'inſtruire : il n'eſt pas que vous
n'ayez entédu parler de nous, car on
nous appelloit Oracles , Nymphes,
Genies, Fées, Dieux Foyers, Lem-
úres, Larues, Lamies, Farfadets,
Nayades, Incubes, Ombres, Manes, Spectres & Phantoſmes, &
nous abandonnâmes voſtre monde
                                    ſous

fous le Regne d'Augufte, vn peu
apres que ie me fus apparu à Drufus,
fils de Liuia, qui portoit la guerre en
Allemagne, & que ie luy eus defendu
de paffer outre, il n'y a pas long temps
que i'en fuis arrriué pour la feconde
fois ; depuis cent ans en ça i'ay eu
commiffion d'y faire vn voyage,
i'ay rodé beaucoup en Europe &
conuerfé auec des perfonnes que
poffible vous aurez connus : Vn
iour entr'autres i'apparus à Cardan,
comme il eftudioit, ie l'inftruifis de
quantité de chofes, & en recompenfe
il me promit qu'il tefmoigneroit à la
pofterité de qui il tenoit les miracles
qu'il s'attendoit d'efcrire. I'y vis
Agrippa, l'Abbé Triteme, le Doc-
teur Faufte, la Broffe, Cefar, & vne
certaine caballe de ieunes gens que le
vulgaire a connus fous le nom de
Cheualiers de la Roze-Croix, à qui
i'ay enfeigné quantité de foupleffes
& de fecrets naturels, qui fans doute
les auront fait paffer pour de grands
Magiciens, ie connus auffi Campa-

nelle ; ce fut moy qui luy confeillay
pendant qu'il eftoit à l'Inquifition
dans Rome, de ftiler fon vifage &
fon corps aux poftures ordinaires de
ceux dont il auoit befoin de connoiftre l'interieur, afin d'exciter chez
foy par vne mefme affiette les penfées que cette mefme fcituation
auoit ppellées dans fes aduerfaires,
parce qu'ainfi il menageroit mieux
leur ame quand il la connoiftroit, & il
commença à ma priere vn Liure,
que nous intitulâmes *de Senfu rerum*.
I'ay frequenté pareillement en France la Mothe le Vayer & Gaffendi, ce
fecond eft vn homme qui efcrit autant
en Philofophe que ce premier y vit i'y
ay connu quantité d'autres gens : que
voftre fiecle traitte de diuins, mais ie
n'ay trouué en eux que beaucoup de
babil & beaucoup d'orgueil. Enfin
comme ie trauerfois de voftre païs en
Angleterre pour eftudier les mœurs
de fes habitans, ie rencontray vn
homme, la honte de fon païs ; car
certes c'eft vne honte aux grands de

voftre Eftat de reconnoiftre en luy,
fans l'adorer, la vertu dont il eft le
throfne, pour abreger fon Panegyri-
que, il eft tout efprit, il eft tout cœur,
& il a toutes ces qualitez dont vne
iadis fuffiloit à marquer vn Heros:
C'eftoit Triftan l'Hermite, veritablement il faut que ie vous auoüé que
quand ie vis vne vertu fi haute, i'ap-
prehenday qu'elle ne fut pas recon-
nuë; c'eft pourquoy ie tafchay de luy
faire accepter trois phioles, la premiere eftoit pleine d'huile de Talk,
l'autre de poudre de proieétion, & la
derniere d'or potable; mais il les re-
ufa auec vn defdain plus genereux
que Diogene ne receut les compli-
mens d'Alexandre: enfin ie ne puis
rien adioufter à l'Eloge de ce grand
homme, finon que c'eft le feul Poëte,
le feul Philofophe & le feul homme libre que vous ayez: Voila
les perfonnes confiderables que
i'ay conuerfées, tous les autres au
moins de ceuxque i'ay connus font
fi fort au deffous de l'homme,

que i'ay veu des beftes vn peu au
deſſus.

Au reſte ie ne ſuis point originaire
de voſtre terre ny de celle cy , ie ſuis
né dans le Soleil : mais parce que
quelque fois noſtre monde ſe trouue
trop peuplé , à cauſe de la longue vie de ſes habitans, & qu'il eſt
preſque exempt de guerres & de maladies; de temps en temps nos Magiſtrats enuoyent des colonies dans
les mondes des enuirons : quant à
moy ie fus commandé pour aller au
voſtre & declaré chef de la peuplade
qu'on y enuoyoit auec moy. I'ay
paſſé depuis en celuy‑cy pour les
raiſons que ie vous ay dites, & ce
qui fait que i'y demeure actuelle-
ment, c'eſt que les hommes y ſont
amateurs de la verité, qu'on n'y voit
point de Pedans, que les Philoſophes
ne ſe laiſſent perſuader qu'à la raiſor,
& que l'authorité d'vn ſçauant ny le
plus grand nombre ne l'emportent
point ſur l'opinion d'vn bateur en
grange quand il raiſonne auſſi forte-

ment. Bref en ce païs on ne conte
pour infenfez que les Sophiftes & les
Orateurs: ie luy demanday combien
de temps ils viuoient, il me répondit
trois ou quatre mille ans, & continua
de cette forte.

Encor que les habitans du Soleil
ne foient pas en aufli grand nombre
que ceux de ce monde , le Soleil
en regorge bien fouuent, à caufe
que le peuple pour eftre d'vn temperament fort chaud eft remuant
& ambitieux & digere beaucoup.

Ce que ie vous dis ne vous doit pas
fembler vne chofe eftonnante ; car
quoy que noftre globe foit tres vafte
& le voftre petit, quoy que nous ne
mourrions qu'apres quatre mil ans &
vous apres vn demy fiecle ; aprenez
que tout de mefme qu'il n'y a pas
tant de cailloux que de terre, ny tant
de plantes que de cailloux, ny tant
d'animaux que de plantes , ny tant
d'hommes que d'animaux: ainfi il n'y
doit pas auoir tant de demons que

d'hommes, à caufe des diff.cultez
qui fe rencontrent à la generation
d'vn compofé fi parfait.

Ie luy demanday s'ils eftoient des
corps comme nous, il me répondit
qu'oüy, qu'ils eftoient des corps,
mais non pas comme nous ny comme
aucune chofe que nous eftimiôs telle:
parce que nous n'appellons vulgaire-
ment corps que ce que nous pouuons toucher, qu'au refte il n'y auoit
rien en la nature qui ne fut materiel,
& que quoy qu'ils le fuffent eux-
mefmes, ils eftoient contraints quand
ils vouloient fe faire voir à nous de
prendre des corps proportionnez à ce
que nos fens font capables de connoiftre, & que c'eftoit fans doute
ce qui auoit fait penfer à beaucoup de monde, que les hiftoires qui
fe contoient d'eux n'eftoient qu'vn
effet de la refuerie des foibles,
à caufe qu'ils n'apparoiffent que
de nuit: & il adioufta, que comme ils eftoient contraints de baftir
eux-mefmes à la hafte le corps dont

il falloit qu'ils se seruissent , ils
n'auoient pas le temps bien souuent de les rendre propres qu'à
choir seulement dessous vn sens, tantost l'oüye comme les voix des Oracles, tantost la veuë comme les ar-
dans & les Spectres, tantost le toucher comme les Incubes, & que cette
masse n'estant qu'vn air épaissy de
telle ou telle façon, la lumiere par sa
chaleur les destruisoit, ainsi qu'on
voit qu'elle dissipe vn broüillard en
le dilatant.

Tant de belles choses qu'il m'ex-
pliquoit me donnerent la curiosité de
l'interroger sur sa naissance & sur sa
mort, si au païs du Soleil l'indiuidu
venoit au iour par les voyes de generation & s'il mouroit par le desordre
de son temperament, ou la rupture de
ses organes: Il y a trop peu de raport,
dit-il, entre vos sens & l'explication
de ces Misteres: Vous vous imaginez
vous autres que ce que vous ne sçauriez comprendre est spirituel , ou
qu'il n'est point ; mais cette conse-

quence est tres fausse, & c’est vn tef-
moignage qu’il y a dans l’Vniuers vn
million peut-estre de choses qui pour
estre connuës demanderoient en
vous vn million d’organes tous differens. Moy, par exemple, ie connois
par mes sens la cause de la simpathie
de l’aymant auec le pôle, celle du reflux de la mer, & ce que l’animal deuient apres sa mort ; vous autres ne
sçauriez donner iusques à ces hautes
conceptions que par la foy, à cause
que les proportions à ces miracles
vous manquent, non plus qu’vn
aueugle ne sçauroit s’imaginer ce
que c’est que la beauté d’vn païsage,
le coloris d’vn tableau & les nuances
de l’iris, ou bien il se les figurera, tantost comme quelque chose de palpable, comme le manger, comme vn son,
ou comme vne odeur : tout de mefme si ie voulois vous expliquer ce
que i’apperçois par les sens qui vous
manquent, vous vous le represente-
riez comme quelque chose qui peut
estre oüy, veu, touché, fleuré, ou sa-

uouré, & ce n'eſt rien cependant de
tout cela.

Il en eſtoit là de ſon diſcours quand
mon baſteleur s'apperceut que la
chambrée commençoit à s'ennuyer
de mon iargon qu'ils n'entendoient
point, & qu'ils prenoient pour vn
grongnement non articulé : il ſe re-
mit de plus belle à tirer ma corde
pour me faire ſauter iuſques à ce que
les ſprctateurs eſtant ſaouls de rire &
d'aſſeurer que i'auois preſque autant
d'eſptit que les beſtes de leur païs, ils
ſe retirerent chacun chez ſoy.

I'adouciſſois ainſi la dureté des
mauuais traittemens de mon maiſtre
par les viſites que me rendoit cet offi-
cieux Demon ; car de m'entretenir
auec ceux qui me venoient voir, outre qu'ils me prenoient pour vn animal des mieux enracinez, dans la ca-
tegorie des Brutes, ny ie ne ſçauois
leur langue ny eux n'entendoient pas
la mienne, & iugez ainſi quelle proportion : car vous ſçaurez que deux
Idiomes ſeulement ſont vſitez en ce

païs, l'vn qui fert aux grands & l'autre qui eft particulier pour le peuple.

Celuy des grands n'eft autre chofe
qu'vne difference de tons non articu-
lez à peu pres femblables à noftre
mufique, quand on n'a pas adioufté
les paroles à l'air, & certes c'eft vne
inuention tout enfemble & bien
vtile & bien agreable ; car quand ils
font las de parler, ou quand ils def-
daignent de proftituer leur gorge à
cet vfage, ils prennent ou vn Luth,
ou vn autre inftrument dont ils fe
feruent auffi bien que de la voix à fe
communiquer leurs penfées : de forte que quelquefois ils fe rencontreront iufques à quinze ou vingt de
compagnie, qui agiteront vn poinct
de Theologie, ou les difficultez d'vn
procez, par vn concert le plus har-
monieux dont on puiffe chatoüiller
l'oreille.

Le fecond qui eft en vfage chez le
peuple, s'execute par le tremouffe-
ment des membres, mais non pas

peut-eſtre comme on ſe le figuré ; car
certaines parties du corps ſignifient
vn diſcours tout entier, l'agitation
par exemple d'vn doigt, d'vne main,
d'vne oreille, d'vne levre, d'vn bras,
d'vn œil, d'vne iouë, feront chacun
en particulier vne oraiſon ou vne periode, auec tous ſes membres, d'autres ne ſeruent qu'à de ſigner des
mots, comme vn plis ſur le front, les
diuers friſſonnemens des muſcles, les
renuerſemens des mains, les baſte-
mens de pied, les contorſions de bras;
de ſorte que quand ils parlent, auec
la couſtume qu'ils ont priſe d'aller
tous nuds, leurs membres accouſtu-
mez à geſticuler leurs conceptions,
ſe remuent ſi dru qu'il ne ſemble pas
d'vn homme qui parle, mais d'vn
corps qui tremble.

Preſque tous les iours le Demon
me venoit viſiter & ſes merueilleux
entretiens me faiſoient paſſer ſans
ennuy les violences de ma captiuité.
Enfin vn matin ie vis entrer dans ma
logette vn homme que ie ne con-

noiſſois point, & qui m'ayant fort
long-tempsleſché me gueula doucement par l'eſſelle, & de l'vne des pattes dont il me ſouſtenoit de peur que
ie ne me bleſſaſſe me ietta ſur ſon
dos, où ie me trouuay ſi mollement
& ſi à mon aiſe, qu'auec l'affliction
que me faiſoit ſentir vn traittement
de beſte il ne me prit aucune enuie de
me ſauuer, & puis ces hommes qui
marchent à quatre pieds vont bien
d'vne autre viteſſe que nous, puiſque
les plus peſans attrapent les Cerfs à
à la courſe.

Ie m'affligeois cependant outre
meſure de n'auoir point de nouuelle
de mon courtois Demon, & le ſoir
de la premiere traitte arriué que ie
fus au giſte, ie me promenois dans la
court de l'hoſtellerie attendant
que le manger fuſt preſt, lors qu'vn
homme fort ieune & aſſez beau me
vint rire au nez & ietter à mon col
ſes deux pieds dedeuant. Apres que ie
l'eus quelque temps conſideré: quoy,
me dit-il en François, vous ne con-

noiſſez plus voſtre amy ? Ie vous
laiſſe à penſer ce que ie deuins alors,
certes ma ſurpriſe fut ſi grande que
deſlors ie m'imaginay que tout le
globe de la Lune, tout ce qui m'y
eſtoit arriué & tout ce que i'y voyois
n'eſtoit qu'enchantement , & cet
homme beſte eſtant le meſme qui
m'auoit ſeruy de monture , continua
de me parler ainſi; vous m'auiez pro-
mis que les bons offices que ie vous
rendrois ne vous ſortiroient iamais
de la memoire, & cependant il ſemble que vous ne m'ayez iamais veu:
mais voyant que ie demeurois dans
mon eſtonnement; enfin, adiouſta-
t'il, ie ſuis ce Demon de Socrate. Ce
diſcours augmenta mon eſtonnement; mais pour m'en tirer, il me dit,
ie ſuis le Demon de Socrate, qui
vous ay diuerty pendant voſtre pri-
ſon, & qui pour vous continuer mes
ſeruices me ſuis reueſtu du corps auec
lequel ie vous porté hier; mais l'in-
terrompis-ie, comment tout cela ſe
peut-il faire , veu qu'hier vous eſtiez
d'vne taille extremement longue, &

qu'auiourd'huy vous eftes tres court,
qu'hier vous auiez vne voix foible &
caffée, & qu'auiourd'huy vous en
auez vne claire & vigoureufe,
qu'hier enfin vous eftiez vn vieillard
tout chenu & que vous n'eftes auiourd'huy qu'vn ieune homme?
quoy donc au lieu qu'en mon pays on
chemine de la naiffance à la mort,
les animaux de celuy-cy vont de la
mort à la naiffance & raieuniffent à
force de vieillir.

Si toft que i'eus parlé au Prince,
me dit-il, apres auoir receu l'ordre de
vous conduire à la Cour, ie vous
allay trouuer où vous eftiez & vous
ayant apporté icy, i'ay fenty le corps
que i'informois fi fort attenué de laf-
fitude que tous les organes me refu-
foient leurs fonctions ordinaires, en
forte que ie me fuis enquis du chemin de l'hofpital, où entrant i'ay
trouué le corps d'vn ieune homme
qui venoit d'expirer par vn accident
fort bizarre & pourtant fort commun
en ce païs. . . . . Ie m'en

fuis approché faignant d'y connoiftre
encore du mouuement, & proteftant
à ceux qui eftoient prefens qu'il n'e-
ftoit point mort, & que ce qu'on
croyoit luy auoir fait perdre la vie
n'eftoit qu'vne fimple letargie, de
forte que fans eftre apperceu i'ay approché ma bouche de la fienne où ie
fuis entré comme par vn fouffl : lors
mon vieil cadaure eft tombé, & comme fi i'euffe efté ce ieune homme ie
me fuis leué & m'en fuis venu vous
chercher, laiffant là les affiftans crier
miracle. On nous vint querir là
deffus pour nous mettre à table, & ie
fuiuis mon conducteur dans vne falle
magnifiquement meublée, mais où ie
ie ne vis rien de preparé pour manger. Vne fi grande folitude de viande lors que ie periffois de faim, m'o-
bligea de luy demander où l'on auoit
mit le couuert : ie n'efcoutay point ce
qu'il me refpondit, car trois ou quatre ieunes garçons enfans de l'hofte
s'approcherent de moy dans cet inftant & auec beaucoup de ciuilité me

defpoüillerent iufques à la chemife:
cette nouuelle ceremonie m'eftonna
fi fort que ie n'en ofé pas feulemétde-
demander la caufe à mes beaux valets
chambre, & ie ne fçay comment mon
guide qui me demanda par où ie voulois commencer put tirer de moy ces
deux mots, *vn Potage* ; mais ie les eus
à peine proferez, que ie fentis l'odeur
du plus fucculent mitonné qui frapa
iamais le nez du mauuais riche : ie
voulus me leuer de ma place pour
chercher à la pifte la fource de cet
agreable fumée, mais mon porteur
m'en empefcha : où voulez - vous
aller, me dit-il, nous irons tantoft à
la promenade , mais maintenant il eft
faifon de manger, acheuez voftre potage & puis nous ferons venir autre
chofe ; & où diable eft ce potage (luy
répondis-ie prefque en colere) auez
vous fait gajure de vous moquer de
moy tout auiourd'huy ? Ie penfois,
me repliqua-t'il, que vous euffiez
veu à la ville d'où nous venons voftre
maiftre ou quelqu'autre prendre fes

repas ; c'eſt pourquoy ie ne vous
auois point dit de quelle façon on ſe
nourrit icy ; puis donc que vous l'ignorez encore, ſçachez que l'on n'y
vit que de fumée. L'art de cuiſine-
rie eſt de renfermer dans de grands
vaiſſeaux moulez expres l'exhalaiſon
qui ſort des viandes en les cuiſant,
& quand on en a ramaſſé de pluſieurs
ſortes & de differens gouſts, ſelon
l'appetit de ceux que l'on traitte
on deſbouche le vaiſſeau où cette
odeur eſt aſſemblée, on en deſcou-
ure apres cela vn autre, & ainſi iuſques à ce que toute la compagnie ſoit
repuë.

A moins que vous ayez deſia veſcu de cette ſorte, vous ne croirez iamais que le nez ſans dents & ſans go-
ſier, face pour nourir l'homme l'office de la bouche, mais ie vous le
veux faire voir par experience. Il
n'euſt pas pluſtoſt acheué que ie ſentis entrer ſucceſſiuement dans la ſalle
tant d'agreables vapeurs & ſi nourriſ-
ſantes, qu'en moins de demy quart

d'heure ie me fentis tout à fait raffa-
fié, quand nous fufmes leuez : ce cy
n'eft pas, dit-il, vne chofe qui vous
doiue caufer beaucoup d'admiration,
puis que vous ne pouuez pas auoir
tant vefcu, fans auoir obferué qu'en
voftre monde les Cuifiniers, les Pa-
tiffiers & les Rotiffeurs qui mangent
moins que les perfonnes d'vne autre
vacation, font pourtant beaucoup
plus gras : d'où procede leur em-
bonpoint, à voftre aduis, fi ce n'eft
de la fumée dont ils font fans ceffe
enuironnez, & laquelle penetre leurs
corps & les nourrit ? auffi les perfonnes de ce monde iouiffent d'vne fauté
bien moins interrompuë & plus vigoureufe, à caufe que la nourriture n'engendre prefque point d'excremens
qui font l'origine de prefque toutes
les maladies. Vous auez poffible
efté furpris lors qu'auant le repas on
vous a deshabillé, parce que cette
couftume n'eft pas vfitée en voftre
païs, mais c'eft la mode de celuy-cy,
& l'on en vfe ainfi afin que l'animal

ſoit plus tranſpirable à la fumée.
Monſieur luy repartis ie, il y a tres-
grande aparence à ce que vous dites,
& ie viens-moy-meſme d'en experimenter quelque choſe ; mais ie vous
aduoüeray que ne pouuant pas me
débrutaliſer ſi promptement, ie ſerois bien aiſe de ſentir vn morceau
palpable ſous mes dents: il me le promit & toutesfois ce fut pour le lendemain à cauſe, dit-il, que de manger
ſi-toſt apres le repas cela me produi-
roit vne indigeſtion: ínous diſcouruſ-
mes encores quelque temps, puis
nous montaſmes à la chambre pour
nous coucher. Vn homme au haut
de l'eſcalier ſe preſenta à nous, &
nous ayant enuiſagez attentiuement
me mena dans vn cabinet dont le
plancher eſtoit couuert de fleurs
d'Orange à la hauteur de trois pieds
& mon Demon dans vn autre rempli
d'œillets & de iaſſemin : il me dit
voyant que ie paroiſſois eſtonné de
cette magnificence que, c'eſtoient les
lits du païs. Enfin nous nous cou-

chaſmes chacun dans noſtre cellule,
& dés que ie fus eſtendu ſur mes
fleurs, i'apperceus à la lueur d'vne
trentaine de gros vers luiſans enfer-
mez dans vn criſtal (Caron ne ſe ſert
point d'autres chandelles) ces trois
ou quatre ieunes garçons qui m'a-
uoient deshabillé à ſouper, dont l'vn
ſe mit à me chatoüiller les pieds, l'autre les cuiſſes, l'autre les flancs, l'autre les bras, & tous auec tant de
mignoteries & de delicateſſe, qu'en
moins d'vn moment ie me ſentis aſ-
ſoupir.

Ie vis entrer le lendemain mon
Demon auec le Soleil & ie vous veux
tenir parole, me dit-il, vous deieu-
nerez plus ſolidement que vous ne
ſoupaſtes hier : à ces mots ie me leuay
& il me conduiſit par la main derriere le iardin du logis, où l'vn des
enfans de l'hoſte nous attendoit auec
vne arme à la main preſque ſemblable à nos fuſils : il demanda à mon
guide ſi ie voulois vne douzaine d'al-
lo üettes, parce que les magots (il

croyoit que i'en fuſſe vn) ſe nourriſ-
ſoient de cette viande, à peine eus ie
reſpondu qu'oüy, que le chaſſeur
deſchargea vn coup de feu, & vingt
ou trente alloüettes tomberent à nos
pieds toutes roſties. Voila, m'imaginay ie auſſi toſt, ce qu'on dit par pro-
uerbe en noſtre monde d'vn païs où
les alloüettes tombent toutes roſties.
Sansdoute que quelqu'vn eſtoit reue-
nud'icy: vous n'auez qu'à mâger, me
dit mon Demon, ils ont l'induſtrie de
meſler parmy leur poudre & leur
plomb vne certaine compoſition qui
tuë, plume, roſtit & aſſaiſonne le gi,
bier : i'en ramaſſay quelques-vnes
dont ie mangeay ſur ſa parolle, & en
verité ie n'ay iamais en ma vie rien
gouſtay de ſi delicieux ; apres ce deſ-
jeuné nous nous miſmes en eſtat de
partir, & auec mille grimaces dont ils
ſe ſeruent quand ils veulent teſmoigner de l'affection, l'hoſte receut vn
papier de mon Demon : ie luy de-
demandé ſi c'eſtoit vne obligation
pour la valeur de l'eſcot, il me re-

partit que non, qu'il ne luy deuoit
plus rien, & que c'eftoit des Vers:
comment des Vers, luy repliquay-ie,
les Tauerniers font donc icy curieux
de rimes? c'eft, me dit-il, la monnoye
du païs, & la defpence que nous venons de faire ceans s'eft trouuay
monter à vn Sixain que ie luy viens
de donner. Ie ne craignois pas de
demeurer court; car quand nous ferions icy ripaille pendant huit iours,
nous ne fçaurions defpenfer vn Sonnet, & i'en ay quatre fur moy auec
deux Epigrammes, deux Odes & vne
Eglogue: & pleuft à Dieu, luy dis-ie,
que cela fut de mefme en noftre monde, i'y connois baoucoup d'honneftes
Poëtes qui meurent de faim & qui
feroient bonne chere fi on payoit
les traitteurs en cette monnoye. Ie
luy demanday fi ces Vers feruoient
toufiours pourueu qu'on les tranf-
criuift? il me refpondit que non, &
continua ainfi. Quand on en a compofé l'autheur les porte à la Cour
des Monnoyes, où les Poëtes Iurez

du Royaumes tiennent leur feance:
là ces verfificateur Officies mettent
les pieces à l'efpreuue, & fi elles font
iugées de bon aloy, on les taxe non
pas felon leur prix, c'eft à dire qu'vn
Sonnet ne vaut pas toufiours vn Sonnet, mais felon le merite de la piece;
& ainfi quand quelqn'vn meurt de
faim ce n'eft iamais qu'vn bufle, &
les perfonnes d'efprit font toufiours
grand'chere: i'admirois tout extafié
la police indicieufe de ce pays-là, & il
pourfuiuit de cette façon. Il y a encore d'autres perfonnes qui tiennent
cabaret d'vne maniere bien diffe-
rente: lors qu'on fort de chez eux ils
demandent à proportion des frais vn
acquit pour l'autre monde, & dés
qu'on leur a donné ils efcriuent dans
vn grand Regiftre qu'ils appellent
les comptes du grand Iour à peu pres
en ces termes. *Item,* la valeur de
tant de Vers deliurez vn tel iour, à
vn tel qu'on m'y doit rembourfer
auffi toft l'acquit receut du premier
fonds qui s'y trouuera & lors qu'ils

se sentent en danger de mourir, ils
sout hacher ces registres en mor-
ceaux & les aualent, parce qu'ils
croyent que s'ils n'estoient ainsi di-
gerez, cela ne leur profiteroit de
rien.

Cet entretien n'empeschoit pas
que nous ne continuassions de marcher, c'est à dire mon porteur à quatre pattes sous moy & moy à cali-
fourchon sur luy. Ie ne particulari-
seray point dauantage les auantures
qui nous arresterent sur le chemin,
qu'enfin nous terminasmes à la Ville
où le Roy fait sa residence: ie n'y fus
pas plustost arriué qu'on me condui-
sit au Palais, où les Grands me re-
ceurent auec des admirations plus
moderées que n'auoit fait le peuple
quand i'estois passé dans les rües:
mais la conclusion que i'estois sans
doute la femelle du petit animal de la
Reyne, fut celle des Grands comme
du peuple. Mon guide me l'inter-
pretoit ainsi, & cependant luy-mesme n'entendoit point cette Enigme
&

& ne ſçauoit qui eſtoit ce petit animal de la Reyne, mais nous en fuſ-
mes bien-toſt éclaircis, car le Roy
quelque temps apres m'auoir conſideré commanda qu'on l'amenaſt, &
à vne demie heure de là ie vis entrer
au milieu d'vne trouppe de Singes
qui portoient la fraize & le haut de
chauſſe, vn petit homme baſty preſque tout comme moy, car il marchoit à denx pieds; ſi-toſt qu'il m'apperceut, il m'aborda par vn *Criado
de vou eſtra merced*, ie luy ripoſté ſa
reuerence à peu pres en meſme termes: Mais helas ils ne nous eurent
pas pluſtoſt veu parler enſemble
qu'ils creurent tous le préiugé veritable, & cette conionĉture n'auoit
garde de produire vn autre ſuccez,
car celuy des aſſiſtans qui opinoit
pour nous auec plus de faueur proteſtoit que noſtre entretien eſtoit vn
grongnement, que la ioye d'eſtre re-
ioins par vn inſtinĉt naturel nous faiſoit bourdonner. Ce petit homme
me conta qu'il eſtoit Europian, natif

D

de la vieille Caſtille, qu'il auoit
trouué moyen auec des oyſeaux de
ſe faire porter iuſques au monde
de la Lune où nous eſtions lors,
qu'eſtans tombé entre les mains de la
Reyne elle l'auoit pris pour vn Singe
à cauſe qu'ils habillent par hazard en
ce pays là les Singes à l'Eſpagnolle,
& que l'ayant à ſon arriuée trouué
veſtu de cette façon, elle n'auoit
point douté qu'il ne fut de l'eſpece.
Il faut bien dire, luy repliquay ie,
qu'apres leur auoir eſſayé toutes ſortes d'habits, ils n'en ayent point rencontré de plus ridicules, & que ce
n'eſt qu'à cauſe de cela qu'ils les
eſquipent de la ſorte, n'entretenant
ces animaux que pour nous donner
du plaiſir : ce n'eſt pas connoiſtre,
repris-ie, la dignité de noſtre nation
en faueur de qui l'Vniuers ne produit des hommes que pour nous donner des eſclaues & pour qui la nature
ne ſçauroit engendrer que des matieres de rire. Il me ſupplia en ſuite
de luy apprendre comme ie m'eſtois

oſé hazarder de grauir à la Lune
auec la machine dont ie luy auois
parlé, ie luy repondis que c'eſtoit à
cauſe qu'il auoit emmené les oyſeaux ſur leſquels i'y penſois aller,
il ſouſrit de cette raillerie, & enuiron vn quart d'heure apres le Roy
commanda aux gardeurs de Singes
de nous rammener auec ordre expres
de nous faire coucher enſemble l'Eſpagnol & moy, pour faire en ſon
Royaume multiplier noſtre eſpece.
On executa de poinct en poinct la
volonté du Prince, de quoy ie fus
tres-aiſe pour le plaiſir que ie rece-
uois d'auoir quelqu'vn qui m'entretint pendant la ſolitude de ma bru-
tification. Vn iour mon maſle (car
on me tenoit pour ſa femelle) me
conta que ce qui l'auoit veritablement obligé de courir toute la terre,
& enfin de l'abandonner pour la
Lune, eſtoit qu'il n'auoit pû trouuer
vn ſeul pays où l'imagination meſme
fut en liberté. Voyez-vous, me dit-
il , à moins de porter vn bonnet,

quoy que vous puiſſiez dire de beau,
il eſt contre les principes des
Docteurs de drap, vous eſtes vn
idiot, vn fou, & quelque choſe de
pis. On m'a voulu mettre en mon
pays à l'Inquiſition, pource qu'à la
barbe des Pedans i'auois fouſtenu
qu'il y auoit du vuide, & que ie ne
conn·iſſois point de matiere au monde pl s peſante l'vne que l'autre. Ie
luy demanday de quelles probalitez
il appuye vne opinion ſi peu: receuë
il faut me répondit-il, pour en venir
à bout ſuppoſer qu'il n'y a qu'vn
Element ; car encore que nous
voyons de l'eau, de la terre, de l'air
& du feu feparez, on ne les trouue
iamais pourtant ſi parfaitement purs
qu'ils ne ſoient encore engagez les
vns auec les autres. Quand, par
exemple, vous regardez du feu, ce
n'eſt pas du feu, ce n'eſt que de l'air
beaucoup eſtendu, l'air n'eſt que de
l'eau fort dilatée, l'eau n'eſt que de
la terre qui ſe fond, & la terre elle-
meſme n'eſt autre choſe que de l'eau

beaucoup refferrée & ainfi à penetrer
ferieufement la matiere, vous con-
noiftrez qu'elle n'eft qu'vne, qui
comme excellente Comediene ioüe
icy bas toutes fortes de perfonnages,
fous toutes fortes d'habits : autrement il faudroit admetre autant d'e-
lemens qu'il y a de fortes de corps:
& fi vous me demandez pourquoy le
feu brufle, & l'eau refroidit, veu que
que ce n'eft qu'vne feule matiere, ie
ie vous réponds que cette matiere
agit par fimpathie, felon la difpofi-
tion où elle fe trouue dans le temps
qu'elle agit. Le feu qui n'eft rien
que de la terre encore plus répanduë
qu'elle ne l'eft pour conftituer l'air,
tafche de changer en elle par fimpathie ce qu'elle rencontre, ainfi la chaleur du charbon eftant le feu le plus
fubtil & le plus propre à penetrer vn
corps, fe gliffe entre les pores de noftre maffe, au commencement par ce
que c'eft vne nouuelle matiere qui
nous remplit, nous fait exaler en
fueur ; cette fueur eftenduë par le feu

ſe conuertit en fumée & deuient air;
cet air encore dauantage fondu par la
chaleur de l'antiperiſtaſe ou des aſtres
qui l'auoiſinent, s'appelle feu, & la
terre abandonnée par le froid & par
l'humide qui lioient toutes les parties tombe en terre; l'eau d'autre part
quoy qu'elle ne differe de la matiere
du feu qu'en ce qu'elle eſt plus ſerrée
ne nous bruſle pas à cauſe qu'eſtant
ſerrée elle demande par ſimpathie à
reſſerrer les corps qu'elle rencontre,
& le froid que nous ſentons n'eſt autre choſe que l'effet de noſtre chair
qui ſe replie ſur elle-meſme par le
voiſinage de la terre ou de l'eau qui la
contraint de luy reſſembler. Da là
vient que les hydropiques remplis
d'eau changent en eau toute la nourriture qu'ils prennent, de là vient
que les bilieux changent en bile tout
le ſang que forme leur foye : ſuppoſé
donc qu'il n'y ait qu'vn ſeul element,
il eſt certiſſime que tous les corps
chacun ſelon ſa qualité inclinent eſgallement au centre de la terre.

Mais vous me demanderez pourquoy donc le fer, les metaux, la terre,
le bois defcendent plus vifte à ce centre qu'vne efponge, fi ce n'eft à caufe
qu'elle eft pleine d'air, qui tend natu ·
rellement en haut. Ce n'en eft point
du tout là la raifon, & voicy comme
ie vous réponds, quoy qu'vne roche
tombe auec plus de rapidité qu'vne
plume, l'vn & l'autre ont mefme inclination pour ce voyage ; mais vn
boulet de canon, par exemple, s'il
trouuoit la terre percée à iour fe pre-
cipiteroit plus vifte à fon centre
qu'vne veffie groffe de vent, & la
raifon eft que cette maffe de metail
eft beaucoup de terre recognée en vn
petit canton, & que ce vent eft
fort peu de terre en beaucoup d'efpace : car toutes les parties de la
matiere qui loge dans ce fer, ioin-
tes qu'elles font les vnes aux autres
augmentent leur force par l'vnion,
à caufe que s'eftant refferrées elles
fe trouuent à la fin beaucoup à com-
batre contre peu, veu qu'vne par-

celle d'air esgalle en groffeur au
boulet , n'eſt pas eſgalle en quantité.

Sans prouuer cecy par vne enfilure
de raiſons , comment par voſtre foy
vne pique , vne eſpée , vn poignard
nous bleſſent-ils ? Si ce n'eſt à cauſe
que l'acier eſtant vne matiere où les
parties ſont plus proches & plus en-
foncées les vnes dans les autres que
non pas voſtre chair dont les pores &
la moleſſe monſtrent qu'elle contient
fort peu de matiere reſpanduë en vn
grand lieu & que la pointe de fer qui
nous pique eſtant vne quantité preſque inombrable de matiere contre
fort peu de chair , il la contraint de
ceder au plus fort ; de meſme qu'vn
eſcadron bien preſſé entame aiſe-
ment vn bataillon moins ſerré & plus
eſtendu ; car pourquoy vne loupe
d'acier embraſée eſt plus chaude
qu'vn tronc de bois allumé ? ſi ce n'eſt
qu'il y a plus de feu dans la loupe en
peu d'eſpace y en ayant d'attaché à
toutes les parties du metal , que dans

le baſton, qui pour eſtre fort ſpon-
gieux enferme par conſequent beaucoup de vuide, & que le vuide n'e-
ſtant qu'vne priuation de l'Eſtre ne
peut eſtre ſuſceptible de la forme du
feu : mais, m'obiecterez vous, vous
ſuppoſez du vuide comme ſi vous l'a-
uiez prouué, & c'eſt cela dont nous
ſommes en diſpute ; & bien ie vais
vous le prouuer, & quoy que cette
difficulté ſoit la ſœur du nœud gor-
dien, i'ay les bras aſſez forts pour en
deuenir l'Alexandre.

Qu'elle me reſponde donc ie l'en
ſupplie cette beſte vulgaire qui ne
croit eſtre homme, que parce qu'on
le luy a dit, ſuppoſé qu'il n'y ait
qu'vne matiere comme ie penſe l'a-
uoir aſſez prouué ; d'où vient qu'elle
ſe relaſche & ſe reſtraint ſelon ſon
appetit ; d'où vient qu'vn morceau
de terre à force de ſe condenſer s'eſt
fait caillou ? eſt-ce que les parties de
ce caillou ſe ſont placées les vnes
dans les autres, en telle ſorte que là
où s'eſt fiché ce grain de ſablon, là

mefme, ou dans le mefme poinct loge vn autre grain de fablon. Tout
cela ne fe peut & felon leur principe
mefme, puisque les corps ne fe pene-
trent point : mais il faut que cette
matiere fe foit raprochée & fi vous
voulez fe foit racourcie en forte
qu'elle ait remply quelque lieu qui
ne l'eftoit pas,

De dire que cela n'eft point com-
prehenfible qu'il y euft du rien dans
le monde, que nous fuffions en partie
compofez de rien: hé pourquoy non?
le monde entier n'eft-il pas enuelopé
de rien : puisque vous m'auoüez cet
article confeffez donc qu'il eft auffi
aifé que le monde ait du rien dedans
foy qu'autour de foy.

Ie vois fort bien que vous me demanderez pourquoy donc l'eau ref-
trainte par la gelée dans vn vafe le
fait creuer, fi ce n'eft pour empefcher
qu'il ne fe face du vuide : mais ie ref-
ponds que cela n'arriue qu'à caufe
que l'air de deffus qui tend auffi bien
que la terre & l'eau au centre, aen-

contrant fur le droit chemin de ce
païs vne hoſtellerie vacquante y va
loger; s'il trouue les pores de ce vaiſ-
feau, c'eſt à dire les chemins qui conduiſent à cette chambre de vuide,
trop eſtroits, trop longs & trop tor-
tus, il ſatisfait en le briſant à ſon im-
patience pour arriuer pluſtoſt au
giſte.

Mais ſans m'amuſer à reſpondre à
toutes leurs obiections, i'oſe bien
dire que s'il n'y auoit point de vuide
il n'y auroit point de mouuement, où
il faut admettre la penetration des
corps; car il feroit trop ridicule de
croire que quand vne mouche pouſſe
de l'aiſle vne parcelle de l'air, cette
parcelle en fait reculer denât elle vne
autre, cette autre encore vne autre,
& qu'ainſi l'agitation du petit orteil
d'vne puce allaſt faire vne boſſe derriere le monde. Quand ils n'en
peuuent plus, ils ont recours à la ra-
refaction : mais en bonne foy comme
ſe peut-il faire quand vn corps ſe ra-
rifie, qu'vne particule de la maſſe

s'efloigne d'vne autre particule, fans
laiffer ce milieu vuide ? n'auroit-il
pas falu que ces deux corps qui fe
viennent de feparer euffent efté en
mefme temps au mefme lieu oú eftoit
celuy-cy, & que de la forte ils fe fuffent penetrez tous trois? ie m'attends
bien que vous me demanderez pourquoy donc par vn chalumeau, vne
feringue ou vne pompe on fait monter l'eau contre fon inclination, à
quoy ie vous refpondray qu'elle eft
eft violentée & que ce neft pas la
peur qu'elle a du vuide qui l'oblige à
fe deftourner de fon chemin ; mais
qu'eftât iointe auec l'air d'vne nuance imperceptible, elle s'efleue quand
on efleue en haut l'air qui la tient
embarraffée.

Cela n'eft pas fort efpineux à comprendre quand on connoift le cercle
parfait & la delicate en-ch aifnure des
Elemens : car fi vous confiderez
attentiuement ce limon qui fait le
mariage de la terre & de l'eau, vous
trouuerez qu'il n'eft plus terre, qu'il

n'eft plus eau, mais (qc'il eft l'entre-
metteur du contract de ces deux
ennemis ; l'eau tout de mefme auec
l'air s'enuoyent reciproquement vn
broüillard qui penetre aux humeurs
de l'vn & de l'autre pour moyenner
leur paix, & l'air fe reconcilie auec le
fuu par le moyen d'vne exalaifon me-
diatrice qui les vnit.

Ie penfe qu'il vouloit encore parler : mais on nous apporta noftre
mangeaille, & parce que nous auions
faim ie fermay les oreilles à fes difcours, pour ouurir l'eftomach aux
viandes qu'on nous donna.

Il me fonuient qu'vne autrefois
comme nous philofophions, car nous
n'aimions guere ny l'vn ny l'autre à
nous entretenir des chofes baffes, ie
fuis bien fafché, dit il, de voir vn efprit de la trempe du voftre infecté
des erreurs du vulgaire. Il faut donc
que vous fçachiez malgré le pedan-
tifme d'Ariftote, dont retentiffent
aüiourd'huy toutes les Claffes de
voftre France, que tout eft en tout :

c'eſt à dire que dans l'eau par exemple, il y a du feu, dedans le feu de
l'eau, dedans l'air de la terre & dedans la terre de l'air, quoy que cette
opinion face ouurir aux Scolares les
yeux grands comme des ſalieres, elle
eſt plus aiſée à prouuer qu'à perſuader.   Car ie leur demande premierement ſi l'eau n'engendre pas du
poiſſon, quand ils me le nieront:
creuſer vn foſſé le remplir du ſirop de
l'eſguiere & qu'ils paſſeront encore
s'ils veulent à trauers vn bluteau
pour eſchapper aux obiections des
aueugles, ie veux en cas qu'ils n'y
trouuent du poiſſon dans quelque
temps aualer toute l'eau qu'ils y auront verſée : mais s'ils y en trouuent
comme ie n'en doute point, c'eſt vne
preuue conuaincante qu'il y a du ſel
& du feu : par conſequent de trouuer
en ſuite de l'eau dans le feu ce n'eſt
pas vne entrepriſe fort difficile. Car
qu'ils choiſiſſent le feu meſme le
plus détaché de la matiere, comme
les Cometes, il y en a touſiours beau-

coup, puisque fi cette humeur onc-
tueufe dont ils font engendrez re-
duitte en fouffre par la chaleur de
l'antiperiftafe qui les allument, ne
trouuoit vn obftacle à fa violence
dans l'humide froideur qui la tem-
pere & la combat, elle fe confomme-
roit brufquement comme vn efclair.
Qu'il y ayt maintenant de l'air dans
la terre, ils ne le nieront pas ou bien
ils n'ont iamais entendu parler des
friffons effroyables dont les montagnes de la Sicile ont efté fi fouuent
agitées ; outre cela nous voyons la
terre toute poreufe iufques aux
grains de fablon qui la compofent,
cependant perfonne n'a dit encore
que ces creux fuffent remplis de vuide, on ne trouuera donc pas mauuais
que l'air y face fon domicile : il me
refte à prouuer que dans l'air il y a de
la terre, mais ie ne daigne quafi pas
prendre la peine, puis que vous en
eftes conuaincu autant de fois que
vous voyez tomber fur vos teftes ces
legions d'Atomes fi nombreufes

qu'elles eſtouffent l'Arithmeti-
que.

Mais paſſons des corps ſimples aux
compoſez, ils me fourniront des ſuiets beaucoup plus frequens ; &
pour monſtrer que toutes choſes ſont
en toutes choſes, non point qu'elles
ſe changent les vnes aux autres, comme le gazoüillent vos Peripateticiens ; car ie veux ſouſtenir à leur
barbe que les principes ſe meſlent,
ſe ſeparent & ſe remeſlent derechef en telle ſorte que ce qui a eſté
fait eau par le ſage Createur du monde le ſera touſiours, ie ne ſuppoſe
point à leur mode de maxime que ie
ne prouue.

C'eſt pourquoy prenez ie vous
prie vne buſche, ou quelqu'autre
matiere combuſtible & y mettez le
feu, ils diront quand elle ſera embraſée que ce qui eſtoit bois eſt deuenu
feu : mais ie leur ſouſtiens que non,
& qu'il n'y a point dauantage de feu
quand elle eſt toute enflammée,
qu'auparauant qu'on en euſt appro-

ché l'allumette, mais celuy qui eſtoit
caché dans la buſche que le froid &
l'humide empeſchoient de s'eſtendre
& d'agir, ſecouru par l'eſtranger
a ralié les forces contre le flegme qui
l'eſtouffoit & s'eſt emparé du champ
qu'occupoit ſon ennemy, auſſi le
monſtre t'il ſans obſtacle & triom-
phant de ſon geolier : ne voyez vous
pas comme l'eau s'enfuit par les deux
bouts du tronçon, chaude & fu-
mante encore du combat qu'elle a
rendu. Cette flame que vous voyez
en haut eſt le feu le plus ſubtil, le plus
degagé de la matiere & le pluſtoſt
preſt par conſequent à retourner
chez ſoy, il s'vnit pourtant en pira-
mide iuſques à certaine hauteur
pour enfoncer l'eſpoiſſe humidité de
l'air qui luy reſiſte, mais comme il
vient en montant à ſe degager peu à
peu de la violente compagnie de ſes
hoſtes, alors il prend le large parce
qu'il ne rencontre plus rien d'anti-
patique à ſon paſſage, & cette negli-
gence eſt bien ſouuent cauſe d'vne

seconde prison. Car cheminant sé-
paré il s'esgarera quelquefois dans
vn nuage s'il s'y rencontre d'autrefois
en assez grāde quātité pour faire teste
vapeur, ils se ioignēt, ils grōgnēt, à la
ils tonnent, ils foudroient, & la mort
des innocens est bien souuent l'effet
de la colere animée de ces choses
mortes. Si quand il se trouue em-
barassé dans ses cruditez importunes
de la moyenne region, il n'est pas
assez fort pour se defendee, il s'a-
bandonne à la discretion de son ennemy qui le contraint par sa pesan-
teur de retomber en terre, & ce mal-
heureux enfermé dans vne goute
d'eau se rencontrera peut estre au
pied d'vn chesne de qui le feu animal
inuitera ce pauure esgaré de se loger
auec luy, ain si voila qui reuient au
mesme estat dont il estoit sorty quelques iours auparauant.

Mais voyons la fortune des autres
Elemens qui composoient cette bus-
che. L'air se retire à son quartier encore pourtant meslé de vapeurs, à

caufe que le feu tout en colere les
a brufquement chaffez pefle-mefle:
le voila donc qui fert de balon aux
vents, fournit aux animaux de refpi-
ration, remplit le vuide que la nature
fait, & poffible encore que s'eftant
enuelopé dans vne goutte de rofée,
il fera fuccé & digeré par les feüilles
alterées de cet arbre, où s'eft retiré
noftre feu: l'eau que la flame auoit
chaffé de ce throfne, efleuée par la
chaleur iufques au berceau des Meteores, retombera en pluye fur noftre
chefne auffi-toft que fur vn autre, &
la terre deuenuë cendre & puis gue-
rie de fa fterilité, ou par la chaleur
nourriffante d'vn fumier où on l'aura
iettée, ou par le fel vegetatif de quelques plantes voifines, ou par l'eau
feconde des riuieres, fe rencontrera
peut-eftre pres de ce chefne qui par
la chaleu de fon germe l'attirera &
en fera vne partie de fon tout.

De cette façon voila ces quatre
Elemens qui reçoiuent le mefme fort
& rentrent en mefme eftat, d'où ils

eſtoient ſortis quelques iours auparauant; ainſi on peut dire que dans vn homme il y a tout ce qui eſt neceſſaire pour compoſer vn arbre, & dans vn arbre tout ce qui eſt neceſſaire pour compoſer vn homme : enfin de cette façon toutes choſes ſe rencontreront en toutes choſes, mais il nous manque vn Promethée, qui nous tire du ſein de la nature & nous rende ſenſible, ce que ie veux bien appeller matiere premiere.

Voila les choſes à peu pres dont nous amuſions le temps; car ce petit Eſpagnol auoit l'eſprit ioli, ſnoſtre entretien toutefois n'eſtoit que la nuit, à cauſe que depuis ſix heures du matin iuſques au ſoir le grande foule du monde qui nous venoit contempler à noſtre iogis nous euſt deſtourné : car quelques vns nous iettoient des pierres, d'autres des noix, d'autres de l'herbe; il n'eſtoit bruit que des beſtes du Roy, on nous ſeruoit tous les iours à manger à nos heures & la Reyne & le Roy pre-

noient eux-mefme allez fouuent la
peine de me tafter le ventre pour
connoiftre fi ie n'empliffoil point,
car ils brusloient d'vne enuie extraordinaire d'auoir de la race de ces petits animaux , ie ne fçay fi ce fut pour
auoir efté plus attentif que mon mafle
à leurs fimagrées & à leurs tons.
Mais i'appris pluftoft que luy à entendre leur langue & à l'efcorcher
vn peu,ce qui fit qu'on nous confide-
fidera d'vne autre façon qu'on n'a-
uoit fait, & les nouuelles coururent
auffi-toft par tout le Royaume
qu'on auoit trouué deux hommes
fauuages plus petits que les autres à
caufe des mauuaifes nourritures que
la folitude nous auoit fournis & qui
par vn deffaut de la femence de leurs
peres n'auoient pas eu les iambes de
deuant affez fortes pour s'appuyer
deffus.

Cette creance alloit prendre racine à force de cheminer, fans les
doctes du païs qui s'y oppoferent,
difant que c'eft vne impieté efpou-

uentable de croire que non feulement des beftes, mais des monftres
fuffent de leur efpece. Il y auroit
bien plus d'aparence (adiouftoient
les moins paffionnez) que nos animaux domeftiques participaffent au
priuilege de l'humanité de l'immortalité, par confequent à caufe qu'ils
font nez dans noftre païs, qu'vne
befte monftrueufe, qui fe dit née ie
ne fçay où dans la Lune, & puis confiderez la difference qui fe remarque
entre nous & eux: nous autres mar-
chons à quatre pieds, parce que Dieu
ne fe voulut pas fier d'vne chofe fi
precieufe à vne moins ferme affiette,
& il eut peur qu'allant autrement
il n'arriuaft fortune de l'homme ;
c'eft pourquoy il prit la peine de l'affeoir fur quatre piliers afin qu'il ne
put tomber, mais dédaignant de fe
mesler de la conftruction de ces deux
Brutes, il les abandonna au caprice
de la nature, laquelle ne craignant
pas la perte de fi peu de chofe ne les
appuya que fur deux pates.

Ces oyſeaux meſme, diſoient ils,
n'ont pas eſté ſi maltraittez qu'elles,
car au moins ils ont receu des plümes
pour ſubuenir à la foibleſſe de leur
pieds & ſe ietter en l'air quand nous
les eſconduirons de chez nous, au
lieu que la nature en oſtant les deux
pieds à ces monſtres les a mis en eſtat
de ne pouuoir eſchapper à noſtre
Iuſtice.

Voyez vn peu outre cela comme
ils ont la teſte tournée deuers le Ciel;
c'eſt la diſette où Dieu les a mis de
toutes choſes qui les a ſcituées de la
ſorte ; car cette poſture ſuppliante
teſmoigne qu'ils ſe pleignent au Ciel
de celuy qui les a creez, & qu'ils luy
demandent permiſſion de s'accommoder de nos reſtes. Mais nous autres nous auons la teſte panchée en
bas pour contempler les biens dont
nous ſommes ſeigneurs, & commè
n'y ayant rien au Ciel à qui noſtre
heureuſe condition puiſſe porter enuie.

I'entendois tous les iours à ma loge

faire ces contes ou d'autres femblables, & enfin ils briderent fi bien
l'efprit des peuples fur cet article,
qu'il fut arrefté que ie ne pafferois
tout au plus que pour vn Perroquet
fans plumes, car ils confirmoient les
perfuadez, fur ce que non plus qu'vn
oyfeau ie n'auois que deux pieds:
Cela fit qu'on me mit en cage par ordre expres du confeil d'enhaut.

Là tous les iours l'oyfeleur de la
Reyne prenant le foing de me venir
fiffler la langue comme on fait icy
aux Sanfonnets, i'eftois heureux à la
verité en ce que ie ne manquois point
de mangeaille, cependant parmy les
fornettes dont les regardans me rom-
poient les oreilles, i'appris à parler
comme eux en forte que quand ie fus
affez rompu dans l'Idiome pour exprimer la plufpart de mes conceptions, i'en contay des plus belles;
defia les compagnies ne s'entrete-
noient plus que de la gentilleffe de
mes bons mots, & l'eftime que l'on
faifoit de mon efprit, en vint iufques

là

là que le Conseil fut contraint de
faire publier vn Arrest, par lequel on
defendoit de croire que i'eusse de la
raison, auec vn commandement tres-
expres à toutes personnes de quelque
qualité ou condition qu'elles fussent,
de s'imaginer, quoy que ie pusse faire
de spirituel, que c'estoit l'instinct
qui me le faisoit faire.

Cependant la deffinition de ce
que i'estois partagea la Ville en deux
factions. Le party qui soustenoit en
ma faueur grossissoit de iour en iour,
& enfin en dépit de l'anatesme par
lequel on taschoit d'espouuenter le
peuple : ceux qui tenoient pour moy
demanderent vne assemblée des
Estats pour resoudre cette contro-
uerse. On fut long-temps à s'ac-
corder sur le choix de ceux qui opi-
neroient; mais les arbitres pacifierent
l'animosité par le nombre des inte-
ressez qu'ils esgallerent & qui or-
donnerent qu'on me porteroit dans
l'assemblée comme on fit: mais i'y fus
traitté autant seuerement qu'on se le

E

peut imaginer, les examinateurs
m'interrogerent entr'autres chofes
de Philofophie; ie leur expofay tout
à la bonne foy ce que iadis mon Re-
gent m'en auoit appris, mais ils ne
mirent guere à me le refuter par
beaucoup de raifons conuaincantes:
de forte que n'y pouuant refpondre,
i'alleguay pour dernier refuge les
principes d'Ariftote qui ne me fer-
uirent pas dauantage que les So-
phifmes, car en deux mots ils m'en
defcouurirent la fauffeté. Cet Ariftote, me dirent-ils, dont vous vantez
fi fort la fcience, accommodoit fans
doute des principes à fa Philofophie,
au lieu d'accommoder fa Philofophie
aux principes, & encor deuoit-il les
trouuer au moins plus raifonnables
que ceux des autres Sectes, dont vous
nous auez parlé; c'eft pourquoy le
bon Seigneur ne trouuera pas mauuais fi nous luy baifons les mains:
Enfin comme ils virent que ie ne
leur clabaudois autre chofe finon
qu'ils n'eftoient pas plus fçauans

qu'Ariftote, & qu'on m'auoit dé-
fendu de difputer contre ceux qui
nioient les principes. Ils conclurent
tous d'vne commune voix que ie
n'eftois pas vn homme, mais poffible
quelque efpece d'Auftruche, veu
que ie portois comme elles la tefte
droite, que ie marchois fur deux
pieds, & qu'enfin horfmis vn peu de
duuet ie luy eftois tout femblable ; fi
bien qu'on ordonna à l'Oyfeleur de
me reporter en cage, i'y paffois mon
temps auec affez de plaifir, car à caufe de leur langue que ie poffedois cor-
rectement, toute la Cour fe diuer-
tiffoit à me faire iafer ; les Filles de la
Reyne entr'autres fouroiét touliours
quelque bribe dans mon panier; & la
plus gentille de toutes ayant conceu
quelque amitié pour moy, elle eftoit
fi tráfportée de ioye, lors qu'eftant en
fecret, ie l'entretenois des mœurs &
des diuertiffemens des gens de noftre
monde, & principalement de nos
Cloches & de nos autres inftrumens

de muſique, qu'elle me proteſtoit les
larmes aux yeux que ſi iamais ie me
trouuois en eſtat de reuoler en noſtre
monde elle me ſuiuroit de bon
cœur.

Vn iour de grand matin, m'eſtant
éueillé en furſaut, ie la vis qui tabou-
rinoit contre les baſtons de ma cage:
réiouiſſez-vous, me dit-elle, hier dans
le Conſeil on conclud la guerre contre le Roy ════ l'eſpere parmy l'emba ════ ras des pre-
paratifs, cependant que noſtre Monarque & ſes ſuiets ſeront eſloignez,
faire naiſtre l'occaſion de vous ſauuer : Comment la guerre, l'inter-
rompis-ie, arriue t'il des querelles
entre les Princes de ce monde icy
comme entre ceux du noſtre ? Hé ie
vous prie parlez-moy de leur façon
de combattre.

Quand les arbitres, reprit-elle,
eſleus au gré des deux parties ont dé-
figné le temps accordé pour l'arme-
ment, celuy de la marche, le nombre
des combatans, le iour & le lieu de la

bataille, & tout cela auec tant d'ef-
galité qu'il n'y a pas dans vne armée
vn feul homme plus que dans l'autre, les foldats eftropiez d'vn cofté
font tous enrolez dans vne compagnie, & lors qu'on en vient aux
mains, les Marefchaux de Camp ont
foin de les expofer aux eftropiez de
l'autre cofté; les geans ont en tefte les
coloffes, les efcrimeurs, les adroits,
les vaillans, les courageux, les·debi-
les, les foibles, les indifpofez, les malades, les robuftes, les forts; & fi
quelqu'vn entreprenoit de frapper
vn autre que fon ennemi defigné à
moins qu'il puft iuftifier que c'e ftoit
par mefprife, il eft condamné de
coüard. Apres la bataille donnée on
conte les bleffez, les morts, les pri-
fonniers, car pour les fuyards il ne
s'en trouue point; fi les pertes fe trouuent efgalles de part & d'autre, ils
tirent à la courte paille à qui fe pro-
clamera victorieux.

Mais encore qu'vn Royaume euft
défait fon ennemy de bonne guerre,

ce n'eſt preſque rien aduancé, car il y
a d'autres armées peu nombreuſes de
ſçauans & d'hommes d'eſprit : des
diſputes deſquelles dépend entierement le triomphe ou la ſeruitude
des Eſtats.

Vn ſçauant eſt oppoſé à vn autre
ſçauant, vn eſprité à vn autre eſprité
& vn iudicieux à vn autre iudicieux:
au reſte le triomphe que remporte vn
Eſtat en cette façó eſt cóté pour trois
victoires à force ouuerte. Apres la
proclamation de la victoire on rompt
l'aſſemblée, & le peuple vainqueur
choiſit pour eſtre ſon Roy, ou celuy
des ennemis ou le ſien.

Ie ne pus m'empeſcher de rire de
cette façon ſcrupuleuſe de donner
des batailles, & i'alleguois pour
exemple d'vne bien plus forte Poli-
tique les couſtumes de noſtre Europe
où le Monarque n'auoit garde d'ob-
mettre aucun de ſes auantages pour
vaincre, & voicy comme elle me
parla.

Aprenez-moy, me dit-elle, ſi vos

Princes ne pretextent pas leur arme-
mens du droict : fi font, luy repliquay ie, & de la iuftice de leur caufe.
Pourquoy donc, continua-t'elle, ne
choififfent-ils des arbitres non fuf-
pects pour eftre accordez & s'il fe
trouue qu'ils ayent autant de droict
l'vn que l'autre, qu'ils demeurent
comme ils eftoient ou qu'ils ioüent
en vn coup de piquet la Ville ou la
Prouince dont ils font en difpute?

Mais vous, luy repartis-ie, Pourquoy toutes ces circonftances en
voftre façon de combattre ? ne fuffit-
il pas que les armées foient en pareil
nombre d'hommes ? vous n'auez
guere de iugement , me refondit-
elle , croiriez-vous par voftre foy
ayant vaincu fur le pré voftre ennemi feul à feul, l'auoir vaincu de
bonne guerre, fi vous eftiez maillé &
luy non, s'il n'auoit qu'vn poignard,
& vous vne eftocade, enfin s'il eftoit
manchot, & que vous euffiez deux
bras : cependant auec toute l'égalité
que vous recommandez, tant à vos

gladiateurs, ils ne se battent iamais
pareils; car l'vn sera de grand, l'autre
de petite taille : l'vn sera adroit,
l'autre n'aura iamais manié d'espée:
l'vn sera robuste, l'autre foible : &
quand mesme ces disproportions
seroient esgalles, qu'ils seroient aussi
adroits & aussi forts l'vn que l'autre,
encore ne seroient ils pas pareils, car
l'vn des deux aura peut estre plus de
courage que l'autre; & sous l'ombre
que cet emporté ne considerera pas le
peril, qu'il sera bilieux, qu'il aura
plus de sang, qu'il auoit le cœur plus
serré auec toutes ces qualitez qui
font le courage, comme si ce n'estoit
pas aussi bien qu'vne espée, vne arme que son ennemy n'a point : Il
s'ingere de se ruer esperdument sur
luy de l'effrayer, & d'oster la vie à ce
pauure homme qui preuoit le danger
dont la chaleur est estouffée dans la
pituite, & duquel le cœur est trop
vaste pour vnir les esprits necessaires
à dissiper cette glace qu'on appelle
poltronnerie: ainsi vous loüez cet

homme d'auoir tué ſon ennemy auec
auantage, & le loüant de hardieſſe
vous le loüez d'vn peché contre nature, puis que ſa hardieſſe tend à ſa
deſtruction. Et à propos de cela ie
vous diray qu'il y a quelques années
qu'on fit vne Remonſtrance au Conſeil de guerre, pour apporter vn Re-
glement plus circonſpect & plus
conſcientieux dans les conſats. Et
le Philoſophe qui ɔonnoit l'auis p...
la ainſi.

Vous vous imaginez, Meſſieurs,
auoir bien eſgalé les auantages de
deux ennemis, quand vous les auez
choiſis tous deux grands, tous deux
adroits, tous deux pleins de courage;
mais ce n'eſt pas encore aſſez, puis
qu'il faut qu'enfin le vainqueur ſur-
monte par adreſſe, par force & par
fortune. Si ç'a eſté par adreſſe, il a
frappé ſans doute ſon aduerſaire par
vn endroit où il ne l'attendoit pas, ou
plus viſte qu'il n'eſtoit vray-ſembla-
ble, ou feignant de l'attraper d'vn
coſté il l'a aſſailly de l'autre: cepen-

E v

dant tout cela c'eſt affiner , c'eſt
tromper, c'eſt trahir, & la tromperie
& la trahiſon ne doiuent pas faire
l'eſtime d'vn veritable genereux.
S'il a triomphé par force eſtimerez-
vous ſon ennemy vaincu puis qu'il a
eſté violenté, non ſans doute, non
plus que vous ne direz pas qu'vn
homme air perdu la victoire encore
qu'il ſoit acca blé de la chute d'vne
montagne parce qu'il n'a pas eſté en
puiſſance de la gagner : Tout de
meſme celuy n'a point eſté ſurmonté
à cauſe qu'il ne s'eſt point trouué
dans ce moment diſpoſé à pouuoir
reſiſter aux violences de ſon aduerſaire. Si ç'a eſté par hazard qu'il a
terraſſé ſon ennemy, c'eſt la fortune
qu'on doit couronner, il n'y a rien
contribué, & enfin le vaincu n'eſt
non plus blaſmable que le ioüeur de
dez qui ſur dix-ſept poincts, en voit
faire dix-huit.

On luy confeſſa qu'il auoit raiſon,
mais qu'il eſtoit impoſſible ſelon les
apparences humaines d'y mettre or-

dre, & qu'il valoit mieux subir vn
petit inconüenient que de s'abandonner à cent autres de plus grande
importance.

Elle ne m'entretint pas cette fois
dauantage, parce qu'elle craignoit
d'estre trouuée toute seule auec moy
si matin ; ce n'est qu'en ce païs l'im-
pudicité soit vn crime, au contraire
hors les coupables conuaincus tout
homme a pouuoir sur toute femme,
& vne femme tout de mesme pouroit
appeller vn homme en Iustice qui
l'auroit refusée : mais elle ne m'osoit
pas frequenter publiquement à cause
que les gens du Conseil auoient dit
dans la derniere assemblée que
c'estoit les femmes principalement
qui publioient que i'estois homme,
afin de couurir sous ce pretexte le
desir qui les brusloit de se mesler aux
bestes & de commettre auec moy
sans vergogne des pechez contre nature, cela fut cause que ie demeuray
long temps sans la voir ny pas vne
du sexe.

E vi

Cependant il faloit bien que
quelqu'vn euſt reſchauffé les querelles de la deffinition de mon eſtre;
car comme ie ne ſongeois plus qu'à
mourir en ma cage, on me vint querir encore vne fois pour me donner
audiance, ie fus donc interrogé en
preſence d'vn grand nombre de
Courtiſans ſur quelque poinct de
Phiſique; & mes reſponſes, à ce que
ie croy, ſatisfirent aucunement, car
celuy qui preſidoit m'expoſa fort au
long ſes opinions ſur la ſtructure du
monde; elles me ſemblerent inge-
nieuſes, & ſans qu'il paſſa iuſqu'à
ſon origine qu'il ſouſtenoit eternelle,
i'euſſe trouué ſa Philoſophie beaucoup plus raiſonnable que la noſtre:
mais ſi toſt que ie l'entendis ſouſtenir vne reſverie ſi contraire à ce que
la foy nous apprend, ie briſay auec
luy, dont il ne fit que rire, ce qni
m'obligea de luy dire que puis qu'ils
en venoient là, ie commençois à
croire que leur monde n'eſtoit
qu'vne Lune. Mais, me dirent-ils

tous, vous y voyez de la terre, des riuieres, des mers, que feroit-ce donc
tout cela ? n'importe, repartis-ie,
Ariftote affeure que ce n'eft que la
Lune, & fi vous auiez dit le contraire dans les Claffes où i'ay fait mes
eftudes on vous auroit fifflé, il fe fit
fur cela vn gran t efclat de rire, il ne
faut demander fi ce fut de leur igno-
rance : mais cependant on me conduifit dans ma cage.

Mais d'autres fçauans plus emportez que les premiers, aduertis que
i'auois ozé dire que la Lune d'où ie
venois eftoit vn monde, & que leur
monde n'eftoit qu'vne Lune, crurent
que cela leur fourniffoit vn pretexte
affez iufte pour me faire condamner à
l'eau : c'eft la façon d'exterminer les
impies. Pour cet effet ils furent
en Corps faire leur plainte aú
Roy qui leur promit iufticc, & ordonna que ie ferois remis fur la fe-
lette.

Me voila donc décagé pour la troi-
fiefme fois, & lors le plus ancien prit

la parole & plaida contre moy. Ie
ne me souuiens pas de sa harangue à
cause que i'estois trop espouuenté
pour receuoir les especes de sa voix
sans desordre , & parce aussi qu'il
s'estoit seruy pour declamer d'vn in-
strument dont le bruit m'estourdis-
soit, c'estoit vne trompette qu'il
auoit tout expres choisie , afin que la
violence de ce ton martial eschauffast
leurs esprits à ma mort, & afin d'em-
pescher par cette esmotion que le
raisonnement ne pust faire son office,
comme il arriue dans nos armées ou
le tintamarre des trompettes & des
tambours empesche le soldat de re-
flechir sur l'Importance de sa vie.
Quand il eust dit ie me leuay pour
defendre ma cause, mais i'en fus deliuré par vne auanture qui vous va
surprendre : comme i'auois la bouche ouuerte , vn homme qui auoit eu
grande difficulté à trauerser la foule
vint choir aux pieds du Roy & se
traisna long-temps sur le dos en sa
presence : cette façon de faire ne me

furprit pas, car ie fçauois que c'eftoit
la poftureoù ils fe mettoient quand ils
vouloient difcourir en public ; ie ren-
guefgnay feulement ma harangue,
& voicy celle que nous eufmes de
luy.

Iuftes , efcoutez - moy, vous ne
fçauriez condamner cet Homme, ce
Singe , ou ce Perroquet, pour auoir
dit que la Lune eft vn monde d'où il
venoit ; car s'il eft homme quand
mefme il ne feroit pas venu de la Lune, puis que tout homme eft libre, ne
luy eft-il pas libre auffi de s'imaginer
ce qu'il voudra ? Quoy pouuez-vous
le contraindre à n'auoir pas vos vi-
fions ? Vous le forcerez bien à dire
que la Lune n'eft pas vn monde, mais
il ne le croira pas pourtant ; car pour
croire quelque chofe, il faut qu'il fe
prefente à fon imagination certaines
poffibilitez plus grandes au oüy
qu'au non , à moins que vous luy
fourniffiez ce vray-femblable, ou
qu'il ne vienne de foy-mefme s'offrir
à fon efprit, il vous dira bien qu'il

croit, mais il ne le croira pas pour cela.

I'ay maintenant à vous prouuer qu'il ne doit pas eftre condamné fi vous le pofez dans la cathegorie des befte.

Car fuppofé qu'il foit animal fans raifon, en auriez vous vous-mefme de l'accufer d'auoir peché contre elle ? il a dit que la Lune eftoit vn monde. Or les beftes n'agiffent que par inftinct de Nature, dont c'eft la Nature qui le dit, & non pas luy ; de croire que cette fçauante Nature qui a fait le monde & la Lune, ne fçache ce que c'eft elle-mefme, & que vous autres qui n'auez de connoiffance que ce que vous en tenez d'elle, le fçachiez plus certainement, cela feroit bien ridicule : Mais quand mefme la paffion vous feroit renoncer à vos principes & que vous fuppofe-riez que la Nature ne guidaft pas les beftes, rougiffez à tout le moins des inquietudes que vous caufent les ca-prices d'vne befte. En verité, Mef-

fieurs, fi vous rencontriez vn homme
d'âge meur qui veillaft à la police
d'vne fourmilliere, pour tantoft donner vn foufflet à la fourmy qui auoit
fait choir fa compagne, tantoft en
emprifonner vne qui auroit dérobé à
fa voifine vn grain de bled, tantoft
mettre en iuftice vne autre qui auroit
abandonné fes œufs, ne l'eftimeriez-
vous pas infenfé de vaquer à des
chofes trop au deffous de luy, & de
pretendre affuiettir à la raifon des
animaux qui n'en ont pas l'vfage?
Comment donc venerable affemblée
defendrez vous l'intereft que vous
prenez aux caprices de ce petit animal? Iuftes, i'ay dit.

Dés qu'il euft acheué vne forte de
mufique d'applaudiffemens fit retentir toute la falle, & apres que toutes
les opinions eurent efté debatuës vn
gros quart d'heure, le Roy pro-
nonça.

Que dorefnauant ie ferois cenfé
homme, comme tel, mis en liberté,
& que la punition d'eftre noyé feroit

modifiée en vne amende honteuſe,
car il n'en eſt point en ce pays là
d'honorable, dans laquelle amende
ie me dédirois publiquement d'auoir
ſouſtenu que la Lune eſtoit vn monde, à cauſe du ſcandale que la nou-
ueauté de cette opinion auroit pû apporter dans l'ame des foibles.

Cet Arreſt prononcé on m'enleue
hors du Palais, on m'habille par
ignominie fort magnifiquement, on
me porte ſur la tribune d'vn magnifi-
que Chariot, & traiſné que ie fus par
quatre Princes qu'on auoit attachez
au ioug. Voicy ce qu'ils m'obligerent de prononcer aux carrefours de
la Ville.

Peuple ie vous declare que cette
Lune cy n'eſt pas vne Lune, mais vn
monde ; & que ce monde de là bas
n'eſt pas vn monde, mais vne Lune.
Tel eſt ce que le Conſeil trouue bon
que vous croyez.

Apres que i'eus crié la meſme choſe aux cinq grandes places de la Cité,
i'apperceus mon Aduocat qui me

tendoit la main pour m'aider à def-
cendre. Ie fus bien eftonné de reconnoiftre, quand ie l'eus enuifagé,
que c'eftoit mon Demon, nous fufmes vne heure à nous embraffer : &
venez vous en chez moy, me dit-il,
car de retourner en Cour apres vne
amende honteufe, vous n'y feriez pas
veu de bon œil, au refte il faut que
ie vous die que vous feriez encore
parmy les Singes auffi bien que l'Efpagnol voftre compagnon, fi ie n'euffe
publié dans les compagnies la vigueur & la force de voftre efprit, &
brigué contre vos ennemis en voftre
faueur la protection des Grands.
La fin de mes remercimens nous vit
entrer chez luy, il m'entretint iufques au repas des refforts qu'il auoit
fait ioüer pour obliger mes ennemis,
malgré tous les plus fpecieux fcrupu-
les dont ils auoient embaboüiné le
peuple, à fe defporter d'vne pourfuite
fi iniufte : mais comme on nous eut
aduerty qu'on auoit feruy, il me dit
qu'il auoit pour me tenir compagnie

ce foir là prié deux Profeſſeurs d'A-
cademie de cette Ville de venir manger auec nous, ie les feray tomber,
adiouſta-il, ſur la Philoſophie qu'ils
enſeignent en ce monde cy, & par
meſme moyen vous verrez le fils de
mon hoſte : c'eſt vn icune hmome autant plein d'eſprit que i'en aye iamais
rencontré ; ce ſeroit vn ſecond Socrate s'il pouuoit regler ſes lumieres
& ne point eſtouffer dans le vice les
graces dont Dieu continuellement
le viſite, & ne plus affecter le libertinage comme il fait par vne chime-
rique oſtentation & vne affectation
de s'acquerir la reputation d'homme
d'eſprit. Ie me ſuis logé ceans pour
eſpier les occaſions de l'inſtruire, il ſe
teut comme pour me laiſſer à mon
tour la liberté de diſcourir, puis il fit
ſigne qu'on me deueſtiſt des honteux
ornemens dont i'eſtois encore tout
brillant.

Les deux Profeſſeurs que nous at-
tendions entrerent preſque auſſi-toſt
& nous allaſmes nous mettre à table

où elle eſtoit dreſſée, & où nous trou-
uaſmes le ieune garçon dont il m'a-
uoit parlé qui mangeoit deſia : ils luy
firent grande ſaluade & le traitterent
d'vn reſpeɛt auſſi profond que d'eſ-
claue à ſeigneur, i'en demanday la
cauſe à mon Demon qui me reſpondit que c'eſtoit à cauſe de ſon age;
parce qu'en ce monde là *les vieux*
rendoient toute ſorte de reſpeɛt & de
deference aux ieunes ; bien plus que
les peres obeïſſoient à leurs enfans
auſſi toſt que par l'aduis du Senat des
Philoſophes ils auoient atteint l'age
de raiſon. Vous vous eſtonnez continua il d'vne couſtume ſi contraire
à celle de voſtre pays, mais elle ne
repugne point à la droite raiſon : Car
en conſcience, dites moy, quand vn
homme ieune & chaud eſt en force
d'imaginer, de iuger & d'executer,
n'eſt-il pas plus capable de gouuerner
vne famille qu'vn infirme ſexagenai-
re, pauure hebeté, dont la neige de
ſoixante hyuers a glacé l'imagination & qui ne ſe conduit que par ce

que vous appellez experience des
heureux fuccez, qui ne font cependant que de fimples effets du hazard
contre toutes les regles & l'œcono-
mie de la prudence humaine : pour
du jugement il en a auffi peu, quoy
que le vulgaire de voftre monde en
face vn appanage de la vieilleffe;
mais pour le defabufer il faut qu'il
fçache que ce qu'on appelle prudence
en vn vieillard n'eft autre chofe
qu'vne apprehenfion panique, vne
peur enragée de rien entreprendre
qui l'obfede : ainfi quand il n'a pas
rifqué vn danger où vn ieune homme
s'eft perdu, ce n'eft pas qu'il en pre-
iugeaft la cataftrophe, mais il n'auoit
pas affez de feu pour allumer ees nobles elans qui nous font ozer, au
lieu que l'audace en ce ieune homme
eftoit comme vn gage de la reüffite
de fon deffein, parce que cet ardeur
qui fait la promptitude & la facilité
d'vne execution eftoit celle qui le
pouffoit à l'entreprendre. Pour ce
qui eft d'executer, ie ferois tort à

voſtre eſprit de m'efforcer à le con-
uaince de preuues : Vous ſçauez que
la ieuneſſe ſeule eſt propre à l'aɛtion,
& ſi vous n'en eſtiez pas tout à fait
perſuadé ; dites-moy ie vous prie
quand vous reſpeɛtez vn homme
courageux, n'eſt ce pas à cauſe qu'il
vous peut vanger de vos ennemis, ou
de vos oppreſſeurs ? & eſt-ce par autre conſideration que par pure habi-
tude que vous le conſiderez, lors
qu'vn bataillon de ſeptante ianviers
a gelé ſon ſang & tué de froid toutes
les nobles antouſiaſmes dont les ieunes perſonnes ſont eſchauffées.
Lors que vous deferez au plus fort
n'eſt-ce pas afin qu'il vous ſoit obligé
d'vne viɛtoire que vous ne luy ſçauriez diſputer ? pourquoy donc vous
ſoubmettre à luy, quand la pareſſe a
fondu ſes muſcles, debilité ſes arte-
res, euaporé ſes eſprits, & ſuccé la
moëlle de ſes os? ſi vous adoriez vne
femme, n'eſtoit-ce pas à cauſe de ſa
beauté ? pourquoy donc continuer
vos genuflexions apres que la vieil-

leſſe en a fait vn phantoſme qui ne
repreſente plus qu'vne hideuſe image de la mort ? enfin lors que vous ai-
miez vn homme ſpirituel, c'eſtoit à
cauſe que par la viuacité de ſon genie
il penetroit vne affaire meſlée & la
deſbroüilloit, qu'il defrayoit par ſon
bien dire l'aſſemblée du plus haut
carat, qu'il digeroit les ſciences d'vne
ſeule penſée ? & cependant vous luy
continuez vos honneurs, quand ſes
organes vſez rendent ſa teſte imbe-
cile, peſante & importune aux compagnies, & lors qu'il reſſemble plu-
toſt à la figure d'vn Dieu Foyer qu'à
vn homme de raiſon : Concluez
donc par là, mon fils, qu'il vaut
mieux que les ieunes gens ſoient
pourueus du gouuernement des fa-
milles que les vieillards. D'autant
plus meſme que ſelon vos maximes,
Hercule, Achille, Epaminondas,
Alexandre & Ceſar, qui ſont preſque tous morts au deçà de quarante
ans, n'auroient merité aucuns honneurs, parce qu'à voſtre conte ils
auroient

auroient esté trop ieunes, bien que
leur seule ieunesse fut seule la cause
de leur belles actions, qu'vn âge plus
aduancé eust renduës sans effet, parce qu'il eust manqué de l'ardeur &
de la promptitude qui leur ont donné
ces grands succez : mais, direz-vous,
toutes les loix de nostre monde font
retentir auec soin ce respect qu'on
doit aux vieillards ; il est vray, mais
aussi tous ceux qui ont introduit des
loix ont esté des vieillards qui crai-
gnoient que les ieunes ne les deposse-
dassent iustement de l'authorité
qu'ils auoient extorquée. . . . .
Vous ne tenez de vostre Architecte
mortel que vostre corps seulement,
vostre ame vient des Cieux, il n'a
tenu qu'au hazard que vostre pere
n'ait esté vostre fils, comme vous
estes le sien : sçauez-vous mesme s'il
ne vous a point empesché d'heriter
d'vn Diadesme ; vostre esprit peut-
estre estoit party du Ciel à dessein
d'animer le Roy des Romains au
ventre de l'Imperatrice, en chemin

F

par hazard il rencontra voftre em-
brion, & peut-eftre que pour abreger fa courfe il s'y logea : Non, non,
Dieu ne vous euft point rayé du calcul qu'il auoit fait des hommes,
quand voftre pere fut mort petit garçon. Mais qui fçait fi vous ne feriez
point auiourd'huy l'ouurage de
quelque vaillant Capitaine qui
vous auroit affocié à fa gloire
comme à fes biens. Ainfi peut-eftre
vous n'eftes non plus redeuable à
voftre Pere de la vie qui vous a donnée, que vous le feriez au Pirate
qui vous auroit mis à la chaifne, parce qu'il vous nourriroit : & ie veux
mefme qu'il vous euft engendré
Prince, qu'il vous euft engendré
Roy; vn prefent perd fon merite, lors
qu'il eft fait fans le choix de celuy
qui le reçoit. On donna la mort à
Cefar, on la donna à Caffius : cependant Caffius en eft obligé à l'efclaue
dont il l'impetra, & non pas Cefar à
des meurtriers, par ce qu'ils le force-
rent de la prendre. Voftre pere con-

fulta - t'il voftre volonté lors qu'il embraffa voftre mere ? vous demanda-t'il fi vous trouuiez bon de voir ce fiecle là,ou d'en attendre vn autre, fi vous vous contenteriez d'eftre fils d'vn fot ou fi vous auriez l'ambition de fortir d'vn braue homme. Helas vous que l'affaire concernoit tout feul, vous eftiez le feul dont on ne prenoit point l'auis. Peut eftre qu'a lors fi vous euffiez efté enfermé autre part que dans la matrice des idées de la nature, & que voftre naiffáce euft efté à voftre option,vous auriez dit à la Parque, ma chere Demoifelle prens le fufeau d'vn autre; il y a fort long temps que ie fuis dans le rien , & i'aime encor mieux demeurer cent ans à n'eftre pas, que d'eftre auiourd'huy pour m'en repentir demain : cependant il vous falut paffer par là, vous euftes beau pialler pour retourner à la longue & noire maifon dont on vous arrachoit, on faifoit femblant de croire que vous demandiez à teter.

Voyla ô mon fils les raifons à peu
pres qui font caufes du refpect que
les peres portent à leurs enfans, ie
fçay bien que i'ay penché du cofté
des enfans plus que la iuftice ne le demande, & que i'ay en leur faueur vn
peu parlé contre ma confcience, mais
voulant corriger cet orgueil dont
certains peres brauent la foibleffe de
leurs petits : i'ay efté obligé de faire
comme ceux qui pour redreffer vn
arbre tortu le tirent de l'autre cofté,
affin qu'il redeuienne efgallement
droit entre les deux contorfions; ainfi
i'ay fait reftituer aux peres ce qu'ils
oftent à leurs enfans, leur en oftant
beaucoup qui leur appartenoit, affin
qu'vne autrefois ils fe contétaffent du
leur. Ie fçay bien encore que i'ay
choqué par cette apologie tous les
vieillards; mais qu'ils fe fouuiennent
qu'ils ont efté enfans auant que
d'eftre peres, & qu'il eft impoffible
que ie n'aye parlé fort à leur auantage, puis qu'ils n'ont pas efté trou-
uez fous vne pomme de choux : mais

enfin quoy qu'il en puiſſe arriuer
quand mes ennemis ſe mettroient en
bataille contre mes amis, ie n'auray
que du bon; car i'ay ſeruy tous les
hommes & ie n'en ay deſſeruy que la
moitié.

A ces mots il ſe teut, & le fils de
noſtre hoſte prit ainſi la parole.
Permettez · moy, luy dit-il, puis que
ie ſuis informé par voſtre ſoin, de
l'Origine de l'Hiſtoire, des Couſtumes, & de la Philoſophie du monde
de ce petit Homme, que i'adiouſte
quelque choſe à ce que vous auez
dit, & que ie prouue que les enfans
ne ſont point obligez à leur peres de
leur generation, parce que leurs peres
eſtoient obligez en conſcience de les
engendrer.

La Philoſophie de leur monde la
plus eſtroitte, confeſſe qu'il eſt plus
auantageux de mourir, a cauſe que
pour mourir il faut auoir veſcu, que
de n'eſtre point. Or puis qu'en ne
donnant pas l'eſtre à ce rien, ie le
mets en vn eſtat pire que la mort, ie

fuis plus coupable de ne le pas produire que de le tuer. Tu croirois
cependant, ô mon petit homme,
auoir fait vn parricide indigne de
pardon, fi tu auois efgorgé ton fils, il
feroit enorme à la verité, mais il eft
bien plus execrable de ne pas donner
l'eftre à qui le peut receuoir : car cet
enfant à qui tu oftes la lumiere pour
toufiours, euft eu la fatisfaction d'en
ioüir quelque temps. Encor nous
fçauons qu'il n'en eft priué que pour
quelques fiecles ; mais ces pauures
quarante petits rien, dont tu pouuois
faire quarante bons foldats à ton Roy
tu les empefche malicieufement de
venir au iour, & les laiffes corrom-
pre dans les reins au hazard d'vne
appoplexie qui t'etouffera. . . . .

Cette refponce ne fatisfit pas à ce
que ie croy le petit hofte, car il en
hocha trois ou quatre fois la tefte:
mais noftre commun Precepteur fe
teut, parce que le repas eftoit en im-
patience de s'enuoler.

Nous nous eftendifmes donc fur

des matelats fort molets , couuert de
grands tapis , & vn ieune feruiteur
ayant pris le plus vieil de nos Philofophes le conduifit dans vne petite
falle feparée , d'où mon Demon luy
cria de nous venir retrouuer fi toft
qu'il auroit mangé.

Cette fantaifie de manger à part
me donna la curiofité d'en demander
la caufe : Ie ne goufte point , me dit-
il, d'odeur de viande , ny mefme des
herbes fi elles ne font mortes d'elles-
mefmes, à caufe qu'il les penfe capables de douleur. Ie ne m'efbahis pas
tant, repliquay-ie , qu'il s'abftienne
de la chair & de toutes chofes qui
ont eu vie fenfitiue: car en noftre
monde les Pitagoriciens, & mefme
quelques faints Anacorettes ont vfé
de ce regime; mais de n'ofer , par
exemple couper vn Choux de peur
de le bleffer, cela me femble tout à
fait ridicule. Et moy, répondit mon
Demon , ie trouue beaucoup d'aparence en fon opinion.

Car dites - moy ce Choux dont

F iiij

vous parlez n'eſt-il pas comme vous
vn eſtre exiſtant dans la Nature? ne
l'auez-vous pas tous deux pour mere
égallemét; encore ſemble-t'il qu'elle
aye pourueu plus neceſſairement à
celle du vegetant que du raiſonnable, puis qu'elle a remis la generation
d'vn homme aux caprices de ſon
pere qui peut ſelon ſon plaiſir l'engendrer ou ne l'engendrer pas; ri-
gueur dont cependant elle n'a pas
voulu traitter auec le Choux, car au
lieu de remettre à la diſcretion du
pere de germer le fils, comme ſi elle
euſt apprehendé dauantage que la
race du Choux periſt, que celle des
hommes, elle les contraint bon gré
malgré de ſe donner l'eſtre les vns
aux autres, & non pas ainſi que les
hommes qui ne les engendrent que
ſelon leurs caprices, & qui en leur
vie n'en peuuent engendrer au plus
qu'vne vingtaine; au lieu que les
Choux en peuuent produire quatre
cent mille par teſte. De dire que la
nature a pourtant plus aimé l'homme

que le Choux, c'eſt que nous nous
chatoüillons pour nous faire rire:
eſtant incapable de paſſion, elle ne
ſçauroit ny haïr, 'ny aimer perſonne,
& ſi elle eſtoit ſuſceptible d'amour,
elle auroit pluſtoſt des tendreſſes
pour ce Chou que vous tenez qui ne
ſçauroit l'offenſer, que pour cet
homme qui voudroit la deſtruire s'il
le pouuoit. Adiouſtez à cela que
l'homme ne ſçauroit naiſtre ſans crime, eſtant vne partie du premier cri-
minel: mais nous ſçauons fort bien
que le premier Chou n'offença pas
ſon Createur: Si on dit que nous
ſommes faits à l'image du premier
eſtre, & non pas le Chou; quand il
ſeroit vray, nous auons en ſoüillant
noſtre ame par où nous luy reſſemblons, effacé cette reſſemblance, puis
qu'il n'y a rien de plus contraire à
Dieu que le peché: ſi donc noſtre ame
n'eſt plus ſon portrait, nous ne luy
reſſemblons pas plus par les pieds:
par les mains, par la bouche, par le
front & par les oreilles, que le Chou

F v

par fes feüilles, par fes fleurs, par fa
tige, par fon trognon, & par fa tefte.
Ne croyez-vous pas en verité fi cette
pauure plante pouuoit parler quand
on la coupe, qu'elle ne dit Homme mon cher frere, que t'ay-ie fait
qui merite la mort? ie ne crois que
dans les iardins, & l'on ne me
trouue iamais en lieu fauuage, où ie
viurois en feureté : ie defdaigne toutes les autres focietez horfmis la
tienne, & à peine fuis-ie femé dans
ton iardin, que pour te tefmoigner ma
complaifance, ie m'efpanoüis, ie te
tends les bras, ie t'offre mes enfans en
graine, & pour recompenfe de ma
courtoifie, tu me fais trancher la
tefte. Voila les difcours que tien-
droit ce Chou s'il pouuoit s'exprimer: hé quoy à caufe qu'il ne fçauroit fe plaindre, eft-ce à dire
que nous pouuons iuftement luy faire
tout le mal qu'il ne fçauroit empefcher : fi ie trouue vn miferable lié,
puis ie fans crime le tuer à caufe qu'il
ne peut fe defendre, au contraire fa

foibleſſe agraueroit ma cruauté ; car
combien que cette miſerable creature ſoit pauure & deſnuée de tous nos
auantages, elle ne merite pas la mort,
quoy de tous les biens de l'eſtre elle
n'a que celuy de reietter, & nous le
luy arrachons. Le peché de maſſa-
cr er vn homme n'eſt pas ſi grand, par
ce qu'vn iour il reuiura, que de
couper vn Choux & luy oſter la vie,
à luy qui n'en a point d'autre à eſperer : vous aneantiſſez le Choux en le
faiſant mourir, mais en tuant vn
homme vous ne faites que changer
ſon domicile, & ie dis bien plus, puis
que Dieu cherit eſgallement ſes ouurages & qu'il a partagé ſes biensfaits
eſgallement entre nous & les plantes,
qu'il eſt tres-iuſte de les conſiderer
eſgallement comme nous. Il eſt vray
que nous naquiſmes les premiers,
mais dans la famille de Dieu il n'y a
point de droiĉt d'aineſſe : ſi donc
les Choux n'eurent point de part
auec nous du fief de l'immortalité, ils
furent ſans doute auantagez de quel-

qu'autre qui par fa grandeur recom-
penfa fa briefueté; c'eft peut-eftre vn
intellect vniuerfel, vne connoiffance
parfaite de toutes les chofesdans leurs
caufes, & c'eft auffi pour cela que ce
fage moteur ne leur a point taillé
d'organes femblables aux noftres,
qui n'ont qu'vn fimple raifonnement
foible, & fouuent trompeur : mais
d'autres plus ingenieufement trauail-
lez, plus forts, & plus nombreux, qui
feruent à l'operation de leurs fpecu-
latifs entretiens : Vous me demanderez peut eftre ce qu'ils nous ont iamais communiqué de ces grandes
penfées. Mais, dites-moy, que nous
ont iamais enfeigné certains eftres
que nous admettons au deffus de
nous, auec lefquels nous n'auons
aucun rapport ny proportion, &
dont nous comprenons l'exiften-
ce auffi difficilement que l'intelligence & les façons auec lefquels
vn Chou eft capable de s'exprimer
à fes femblables & non pas à
nous, à caufe que nos fens font trop

foibles pour penetrer iufques-là.

Moyfe, le plus grand de tous les Philofophes & qui puifoit la connoiffance de la nature, dans la fource de la nature mefme, fignifioit cette verité, lors qu'il parloit de l'arbre de fcience & il vouloit fans doute nous enfeigner fous cette Enigme que les plantes poffedent priuatiuement à nous la Philofophie parfaitte. Souuenez-vous donc, ô de tous les animaux le plus fuperbe, qu'encore qu'vn Choux que vous coupez ne dife mot, il n'en penfe pas moins: mais le pauure vegetant n'a pas des organes propres à hurler comme vous, il n'en a pas pour fretiller ny pour pleurer; il en a toutesfois par lefquels il fe plaint du fort que vous luy faites, & par lefquels il attire fur vous la vengeance du Ciel. Que fi, enfin vous infiftez à me demander comment ie fçay que les Choux ont ces belles penfées, ie vous demande comme vous fçauez qu'ils ne les ont point, & que tel d'entr'eux à voftre

imitation ne dife pas le ſoir en s'en-
fermant. Ie ſuis, Monſieur le Chou
frizé, voſtre tres-humble ſeruiteur
Chou cabus.

Il en eſtoit là de ſon diſcours,
quand ce ieune garçon qui auoit emmené noſtre Philoſophe le rammena.
Hé quoy deſia diſné, luy cria mon
Demon, il reſpondit qu'oüy, à l'iſſuë
pres, d'autant que le Phiſionome luy
auoit permis de taſter de la noſtre.
Le ieune hoſte n'attendit pas que ie
luy demandaſſe l'explication de ce
myſtere; ie voy bien, dit il, que cette
façon de viure vous eſtonne. Sçachez
donc quoy qu'en voſtre monde on
gouuerne la ſanté plus negligem-
ment, que le regime de celuy-cy n'eſt
pas à meſpriſer.

Dans toutes les maiſons il y a vn
Phiſionome entretenu du public,
qui eſt à peu pres ce qu'on appelleroit
chez vous vn Medecin, horſmis qu'il
n'y gouuerne que les ſains, & qu'il
ne iuge des diuerſes façons dont il
nous fait traitter que par la propor-

tion, figure & cimetrie de nos membres, par les lineamens du vifage, le
coloris de la chair, la delicatesse du
cuir, l'agilité de la maffe, le fon de la
voix, la teinture, la force & la dureté
du poil. N'auez-vous pas tantoft
pris garde à vn homme de taille affez
courte qui vous a confideré, c'eftoit
le Phifionome de ceans : affeurez-
vous que felon qu'il a reconnu voftre
complexion, il a diuerfifié l'exalaifon
de voftre difné : regardez combien le
matelats où l'on vous a fait coucher
eft efloigné de nos lits, fans doute
qu'il vous a iugé d'vn temperament
bien efloigné du noftre, puis qu'il a
craint que l'odeur qui s'éuapore de
ces petits robinets fous noftre nez ne
s'efpandiffe iufques à vous, ou que
la voftre ne fumaft iufques à nous,
vous le verrez ce foir qui choifira les
fleurs pour voftre lit auec la mefme
circonfpection. Pendant tout ce difcours ie faifois figne à mon hofte qu'il
tafchaft d'obliger les Philofophes
à tomber fur quelque chapitre de la

ſcience qu'ils profeſſoient, il m'eſtoit
trop amy pour n'en pas faire naiſtre
auſſi toſt l'occaſion ; c'eſt pourquoy
ie ne vous diray point ny les diſcours,
ny les prieres qui firent l'ambaſſade
de ce traitté, auſſi bien la nuance du
ridicule au ſerieux fut trop imperceptible pour pouuoir eſtre imitée:
tant y a , Lecteur, que le dernier
venu de ces Docteurs apres pluſieurs
autres choſes continua ainſi.

Il me reſte à prouuer qu'il y a des
mondes infinis, dans vn monde infiny. Repreſentez-vous donc l'V-
niuers comme vn grand animal, que
les eſtoiles qui ſont des mondes, ſont
dans ce grand animal comme d'autres
grands animaux qui ſeruent reciproquement de mondes à d'autres peuples tels que nous, nos cheuaux, &c.
& que nous à noſtre tour, ſommes
auſſi des mondes à l'eſgard de certains
animaux encor plus petits ſans com.
paraiſon que nous, comme ſont certains vers, des poux, des cirons, que
ceux-cy ſont la terre d'autres plus

imperceptibles, qu'ainſi de meſme
que nous parroiſſons chacun en particulier vn grand monde à ce petit
peuple. Peut eſtre que noſtre chair,
noſtre ſang, nos eſprits, ne ſont autre
choſe qu'vne tiſſure de petits animaux qui s'entretiennent, nous pre-
ſtent mouuement par le leur & ſe
laiſſent aueuglement conduire à noſtre volonté qui leur ſert de Cocher,
nous conduiſent nous meſme, & pro-
duiſent tout enſemble cette action
que nous appellons la vie. Car dites
moy ie vous prie eſt-il mal aiſé à
croire qu'vn poux prenne voſtre
corps pour vn monde, & que quand
quelqu'vn d'eux voyage depuis l'vne
de vos oreilles iuſques à l'autre, ſes
compagnons diſent qu'il a voyagé
aux deux bouts de la terre, ou qu'il a
couru de l'vn à l'autre Pôle: oüy ſans
doute ce petit peuple prend voſtre
poil pour les foreſts de ſon païs, les
pores plains de pituite pour des fon-
taines, les bubes pour des lacs & des
eſtangs, les apoſtumes pour des mers

les defluxions pour des deluges : & quand vous vous peignez en deuant & en arriere, ils prennent cette agitation pour le flux & reflux de l'Occean. La demangeaifon ne prouue t'elle pas mon dire ? le ciron qui la produit, eft-ce autre chofe qu'vn de ces petits animaux qui s'eft dépris de la focieté ciuile pour s'eftablir tiran de fon païs : fi vous me demandez d'où vient qu'ils font plus grands que ces autres imperceptibles; ie vous demande pourquoy les Elephans font plus grands que Nous, & les Hybernois que les Efpagnols : Quant à cette ampoule & cette croufte dons vous ignorez la caufe, il faut qu'elle arriuent, ou par la corruption de leurs ennemis que ces petits geans ont maffacrez, ou que la pefte produite par la neceffité des alimens dont les feditieux fe font gorgez, & ont laiffé pourir dans la campagne des monceaux de cadavres, ou que ce tiran apres auoir tout autour de foy chaffé fes compagnons qui de leurs corps

bouchoient les pores du noftre , ait
donné paffage à la pituite, laquelle
eftant extrauafée hors la fphere de la
circulation de noftre fang s'eft corrompuë. On me demandera peut
eftre pourquoy vn ciron en produit
tant d'autres, ce n'eft pas chofe mal
aifée à conceuoir; car de mefme qu'v-
ne reuolte en produit vne autre, auffi
ces petits peuples pouffez du mauuais
exemple de leurs compagnons feditieux, afpirent chacun au commandement, allumant par tout la guerre, le
maffacre & la faim. Mais me direz-
vous certaines perfonnes font bien
moins fuietes à la demangeaifon que
d'autres : cependant chacun eft remply efgallement de ces petits animaux , puifque ce font eux dites vous
qui font la vie. Il eft vray , auffi le
remarquons nous, que les flegmati-
ques font moins en proye à la gratelle
que les bilieux à caufe que le peuple
fimpatifant au climat qu'il habite eft
plus lent en vn corps froid qu'vn autre efchauffé par la temperature de fa

region, qui petille, se remuë, & ne sçauroit demeurer en vne place: ainsi le bilieux est bien plus delicat que le flegmatique, parce qu'estant animé en bien plus de parties, & l'ame estant l'action de ces petites bestes, il est capable de sentir en tous les endroits où ce bestail se remuë, là ou le phlematique n'estant pas assez chaud pour faire agir qu'en peu d'endroits cette remuante populace, il n'est sensible qu'en peu d'endroits; & pour prouuer encore cette cironalité vniuerselle, vous n'auez qu'à considerer quand vous estes blessé comme le sang accourt à la playe. Vos Docteurs disent qu'il est guidé par la preuoyante nature qui veut secourir les parties debilitées, ce qui feroit conclure qu'outre l'ame & l'esprit il y auroit encore en nous vne troisiesme substance intellectuelle qui auroit ses fonctions & ses organes à part; c'est pourquoy ie trouue bien plus probable de dire que ces petits animaux se sentant attaquez en-

uoyent chez leurs voiſins demander
du ſecours, & qu'eſtant arriuez de
tous coſtez, & le pays ſe trouuant incapable de tant de gens, ils meurent
ou de faim, ou eſtouffent dans la
preſſe. Cette mortalité arriue quand
l'apoſthume eſt mure ; car pour teſmoigner qu'alors ces animaux ſont
eſtouffez, c'eſt que la chair pourie deuient inſenſible ; que ſi bien ſouuent
la ſeignée qu'on ordonne pour diuertir la fluxion, profite, c'eſt à cauſe
que s'en eſtant perdu beaucoup par
l'ouuerture que ces petits animaux
taſchoient de boucher, ils refuſent
d'aſſiſter leurs alliez, n'ayant que me-
diocrement la puiſſance de ſe defendre chacun chez ſoy.

Il acheua ainſi, & quand le ſecond
Philoſophe s'apperceut que nos yeux
aſſemblez ſur les ſiens l'exortoient de
parler à ſon tour.

Hommes, dit-il, vous voyant curieux d'apprendre à ce petit animal
noſtre ſemblable quelque choſe de
la ſcience que nous profeſſions, ie

dicte maintenant vn traitté que ie se-
rois bien aise de luy produire, à cause
des lumieres qu'il donne à l'intelligence de nostre Phisique, c'est l'explication de l'origine eternelle du
monde : mais comme ie suis empressé
de faire trauailler à mes soufflets, car
demain sans remise la Ville part;
vous pardonnerez au temps, auec
promesse toutesfois qu'aussi tost
qu'elle sera arriuée où elle doit aller
ie vous satisferay.

A ces mots le fils de l'hoste appella
son pere pour sçauoir qnelle heure il
estoit, mais ayant répondu qu'il
estoit huit heures sonnées, il luy demanda tout en colere pourquoy il ne
les auoit pas aduertis à sept comme il
le luy auoit commandé, qu'il sçauoit
bien que les maisoas partoient le lendemain & que les murailles de la
Ville l'estoient desia. Mon fils, repli-
qua le bon homme, on a publié depuis que vous estes à table vne de-
fence expresse de partir auant apres
demain : n'importe repartit le ieune

homme, vous deuez obeir aueuglement, ne point penetrer dans mes
ordres, & vous fouuenir feulement
de ce que ie vous ay commandé.
Viſte allez querir voſtre effigie : lors
qu'elle fut apportée il la faiſit par le
bras, & la foüetta vn gros quart
d'heure : or ſus vaut rien, continua il
en punition de voſtre deſobeïſſance,
ie veux que vous feruiez auiour·
d'huy de riſée à tout le monde, &
pour cet effet ie vous commande de
ne marcher que fur deux pieds le
reſte de la iournée ; le pauure homme
fortit fort éploré, & fon fils nous fit
des excuſes de fon emportement.

I'auois bien de la peine, quoy que
ie me mordiſſe les levres, à m'empeſcher de rire d'vne ſi plaiſante punition, & cela fut cauſe que pour rompre cette burleſque pedagogie qui
m'auroit ſans doute fait eſclater, ie le
fuppliay de me dire ce qu'il entendoit par ce voyage de la Ville dont
tantoſt il auoit parlé & ſi les maiſons
& les murailles cheminoient : il me

respondit , entre nos Villes, cher
estranger , il y en a de mobiles & de
sedentaires : les mobiles , comme par
exemple celle où nous sommes maintenant , sont faites comme ie vays
vous dire. L'Architecte construit
chaque Palais, ainsi que vous voyez,
d'vn bois fort leger , il pratique dessous quatre rouës, dans l'espaisseur
de l'vn des murs , il place dix gros
soufflets dont les tuyaux passent
d'vne ligne orisontale à trauers le
dernier estage de l'vn à l'autre
pignon ; en sorte que quand on veut
traisner les Villes autre part , car on
les change d'air à toutes les saisons,
chacun deplie sur l'vn des costez de
son logis quantité de larges voiles au
deuant des soufflets , puis ayant ban-
dé vn ressort pour les faire ioüer,
leurs maisons en moins de huit iours
auec les bouffées continuelles que
vomissent ces monstres à vent, sont
emportées si on veut à plus de cent
licuës. Quant à celles que nous appellons sedentaires, les logis en sont
presque

prefque femblable à vos Tours,
horſmis qu'ils font de bois, & qu'ils
font percez au centre d'vne groſſe
& forte viſſe, qui regne de la caue
iuſques au toict, pour les pouuoir
hauſſer & baiſſer à diſcretion. Or la
terre eſt creuſée auſſi profóde que l'e-
difice eſt eſleué, &le tout eſt conſtruit
de cette forte, afin qu'auſſi-toſtque les
gelées commencent à morfondre le
Ciel, ils puiſſent deſcendre leurs
maiſons en terre, où ils ſe tiennent
à l'abry des intemperies de l'air;
mais ſi-toſt que les doûces haleines
du Printemps viennent à le radoucir
ils remontent au iour par le moyen de
leur groſſe viſſe dont ie vous ay
parlé. Ie le priay puis qu'il auoit
deſia eu tant de bonté pour moy &
que la Ville ne partoit que le lendemain, de me dire quelque choſe de
cette origine eternelle du monde
dont il m'auoit parlé quelque temps
auparauant; & ie vous promets, luy
dis-ie, qu'en recompenſe ſi-toſt que
ie ſeray de retour dans la Lune, dont

mon Gouuerneur (ie luy monſtray
mon Demon) vous teſmoignera que
ie ſuis venu, i'y ſemeray voſtre gloire
en y racontant les belles choſes que
vous m'aurez dites : ie voy bien que
vous riez de cette promeſſe, parce
que vous ne croyez pas que la Lune
dont ie vous parle ſoit vnm onde, &
que i'en ſois vn habitant, mais ie
vous puis aſſeurer auſſi que les peuples de ce monde là qui ne prennent
celuy-cy que pour vne Lune, ſe mo-
queront de moy, quand ie diray que
voſtre Lune eſt vn monde, & qu'il
y a des campagnes, auec des habitans : il ne me reſpondit que par vn
ſouſris, & parla ainſi.

Puis que nous ſommes contraints
quand nous voulons recourir à l'origine de ce grand Tout, d'encourir
trois ou quatre abſurditez, il eſt bien
raiſonnable de prendre le chemin qui
nous fait le moins broncher. Ie dis
donc que le premier obſtacle qui
nous arreſte, c'eſt l'Eternité du monde, & l'eſprit des hommes n'eſtant

pas affez fort pour la conceuoir, &
ne pouuant non plus s'imaginer que
ce grand Vniuers, fi beau, fi bien
reglé, puft s'eftre fait foy-mefme, ils
ont eu recours à la Creation ; mais
femblables à celuy qui s'enfonceroit
dans la riuiere de peur d'eftre moüillé de la pluye, ils fe fauuent des bras
d'vn nain, à la mifericorde d'vn geãt,
encore ne s'en fauuent-ils pas ; car
cette Eternité qu'ils oftent au monde
pour ne l'auoir pû comprendre, ils la
donnent à Dieu, comme s'il auoit
befoin de ce prefent, comme s'il
eftoit plus aifé de l'imaginer dans
l'vn que dans l'autre : car dites moy
ie vous prie, a t'on iamais conceu
comme de rien il fe peut faire quelque chofe ? helas entre rien & vn
Atome feulement, il y a des proportions tellement infinies que la ceruelle la plus aiguë n'y fçauroit pe-
nettrer, il faudra pour efchapper à
ce labirinthe inexplicable que vous
admettiez vne matiere eternelle auec
Dieu : mais me direz-vous quand ie

vous accorderois la matiere eternelle , comment ce cahos s'eft-il
arangé de foy-mefme ? ha ie vous le
vais expliq uer.

Il faut, ó mon petit Animal, apres
auoir feparé mentalement chaque
petit corps vifibles en vne infinité de
petits corps inuifibles, s'imaginer
que l Vniuers infiny n'eft compofé
d'autre chofe que de ces Atomes infinis tres-folides, tres incorruptibles
& tres-fimples , dont les vns font cu-
biques, les autres parallelograines,
d autres angulaires , d'autres ronds,
d'autres pointus , d'autres pirami-
daux , d'autres exagons , d'autres
ouales, qui tous agiffent diuerfement
chacun felon fa figure : & qu'ainfi ne
foit, pofez vne boul e d'yuoire fort
ronde fur vn lieu fort vny, à la moindre impreffion que vous luy donne-
rez elle fera vn demy quart d'heure
fans s'arrefter; or i'adioufte que fi
elle eftoit auffi parfaitement ronde
que le font quelques-vns de ces
Atomes dont ie parle, & la furface où

elle feroit pofée parfaitement vnie,
elle ne s'arrefteroit iamais. Si donc
l'art eft capable d'incliner vn corps
au mouuement perpetuel, pourquoy
. ne croirons nous pas que la nature le
puiffe faire ? il en eft de mefme des
autres figures', defquelles l'vne com-
mé carrée demande le repos perpetuel, d'autres vn mouuement de
cofté, d'autres vn demy mouuement
comme de trepidation ; & la ronde
dont l'eftre eft de fe remuer, venant
à fe ioindre à la piramidale, fait peut-
eftre ce que nous appellons feu, parce que non feulement le feu s'agite
fans fe repofer, mais perce & penetre
facilement : le feu a outre cela des
effets diferens felon l'ouuerture & la
qualité des angles, ou la figure ronde
fe ioint, comme par exemple le feu du
poivre eft autre chofe que le feu du
fucre, le feu du fucre que celuy de la
canelle, celuy de la canelle que celuy
du clou de girofle, & celuy-cy que le
feu d'vn fagot. Or le feu qui eft le
conftructeur des parties & du tout

de l'Vniuers, a pouſſé & ramaſſé dans
vn Cheſne, la quantité des figures
neceſſaires à compoſer ce Cheſne:
mais me direz-vous, comment le hazard peut-il auoir ramaſſé en vn lieu
toutes les choſes neceſſaires à produire ce Cheſne, ie vous reſponds que ce
n'eſt pas merueille que la matiere
ainſi diſpoſée ait formé vn Cheſne,
mais que la merueille euſt eſté plus
grande ſi la matiere ainſi diſpoſée le
Cheſne n'euſt pas eſté produit, vn
peu moins de certaines figures, c'euſt
eſté vn Orme, vn Peuplier, vn Saule,
vn peu moins de certaines figures
c'euſt eſté la plante ſenſitiue, vne
Huiſtre à l'eſcaille, vn Ver, vne
Mouche, vne Grenoüille, vn Moi-
neau, vn Singe, vn Homme. Quand
ayant ietté trois dez ſur vne table, il
arriue rafle de deux, ou bien de trois,
quatre & cinq, ou bien deux ſix &
vn, direz-vous, ô le grand miracle!
à chaque dé il eſt arriué le meſme
poinct tant d'autres poincts pouuant
arriuer! ô le grand miracle il eſt arri-

ué trois poincts qui se suiuent! ô le
grand miracle il est arriué iustement
deux six & le dessous de l'autre six! ie
suis asseuré qu'estant homme d'esprit
vous ne ferez iamais ces exclama-
tions; car puis qu'il n'y a sur les dez
qu'vne certaine quantité de nom-
bres, il est impossible qu'il n'en arriue quelqu'vn; & apres cela vous
vous estonnez comme cette matiere
broüillée pesle-mesle au gré du ha-
zatd peut auoir constitué vn homme,
veu qu'il y auoit tant de choses necessaires à la construction de son
estre. Vous ne sçauez donc pas qu'vn
milion de fois cette matiere s'ache-
minant au dessein d'vn homme, s'est
arrestée à former tantost vne pierre,
tantost du plomb, tantost du corail,
tantost vne fleur, tantost vn Comete,
& tout cela à cause du plus ou du
moins de certaines figures qu'il falloit ou qu'il ne falloit pas à designer
vn homme : Si bien que ce n'est pas
merueille qu'entre vne infinité de
matieres qui changent & se remuent

G iiij

inceſſamment elles ayent rencontré
à faire le peu d'animaux, de vegetaux
de mineraux que nous voyons, non
plus que ce n'eſt pas merueille qu'en
cent coups de dez il arriue vne raſſe,
auſſi bien eſt-il impoſſible que de ce
remuëment il ne ſe face quelque choſe, & cette choſe ſera touſiours ad-
mirée d'vn eſtourdy qui ne ſçaura
pas combien peu s'en eſt fallu
qu'elle n'ait pas eſté faite. Quand la
grande Riuiere de ⸻ fait
moudre vn Mou ⸻ lin,
conduit les reſſorts d'vne Horloge, &
que le petit Ruiſſeau de ⸻
ne fait que couler & ſe ⸻
deſrober quelquefois, vous ne direz
pas que cette riuiere a bien de l'eſprit, parce que vous ſçauez qu'elle a
rencontré les choſes diſpoſées à faire
tous ces beaux chefs-d'œuures; car ſi
ſon moulin ne ſe fut pas trouué dans
ſon cours, elle n'auroit pas pulueriſé
le froment; ſi elle n'euſt point rencontré l'Horloge elle n'auroit pas
marqué les heures; & ſi le petit ruiſ-

feau dont i'ay parlé auoit eu la mefme rencontre, il auroit fait les mefmes miracles. Il en va tout ainfi de ce
feu qui fe meut de foy mefme, car
ayant trouué les organes propres à l'a-
gitation neceffaire pour raifonner il a
raifonné, quand il en a trouué de
propres feulement a fentir il a fenty,
quand il en a trouué de propres à ve-
geter il a vegeté, & qu'ainfi ne foit
qu'on creue les yeux de cet homme
que le feu de cette ame fait voir, il
ceffera de voir de mefme que noftre
gráde Horloge ceffera de marquer les
heures fi l'on en brife le mouuement.

Enfin ces premiers & indiuifibles
Atomes font vn cercle fur qui roule
fans difficulté les difficultez les plus
embarraffantes de la Phifique, il
n'eft pas iufques à l'operation des
fens que perfonne n'a pû encore bien
conceuoir que ie n'explique fort aifé-
ment par les petits corps; commen-
çons par la veuë, elle merite comme
la plus incomprehenfible noftre premier debut.

G v

Elle fe fait donc à ce que iem'imagine quand les tuniques de l'œil dont
les pertuis font femblables à ceux du
verre, tranfmettent cette poufliere
de feu, qu'on appelle rayons vifuels,
& qu'elle eft arreftée par quelque
matiere opaque qui la fait reiallir
chez foy ; car alors rencontrant en
chemin l'image de l'obiet qui l'a re-
poufée , & cette image n'eftant
qu'vn nombre infiny de petits corps
qui s'exallent continuellement en ef-
galle fuperficie du fuiet regardé, elle
la pouffe iufques à noftre œil : vous
ne manquerez pas de m'obiecter que
le verre eft vn corps opaque , & fort
ferré , & que cependant au lieu de
rechaffer ces autres petits corps il
s'en laiffe penetrer , mais ie vous ref-
ponds que ces pores du verre font
taillez de mefme figure que ces Atomes de feu qui le trauerfent , & que
comme vn crible à froment n'eft pas
propre à cribler l'auoine , ny vn crible à auoyne à cribler du froment:
ainfi vne boefte de fapin quoy que

mince & qu'elle laiſſe penetrer les
ſons, n'eſt pas penetrable à la veuë,
& vne piece de criſtal quoy que
tranſparante qui ſe laiſſe percer à la
veuë , n'eſt pas penetrable au toucher : ie ne pûs là m'empeſcher de
l'intcrompre. Vn grand Poëte &
Philoſophe de noſtre monde, luy dis-
ie, a parlé apres Epicure, & luy apres
Democrite, de ces petits corps prefque comme vous ; c'eſt pourquoy
vous ne me ſurprenez point par
ce diſcours , & ie vous prie en le
continuant de me dire comment
par ces principes vous expliqueriez
la façon de vous peindre dans vn miroir, il eſt fort aiſé, me repliqua-t'il :
car figurez-vous que ces feux de
voſtre œil ayant trauerſé la glace &
rencontrent derriere vn corps non
diaphane qui les reiette , ils re-
paſſent par où ils eſtoient venus, &
trouuant ces petits corps cheminans
en ſuperficies eſgalles ſur le miroir,
ils les rappellent à nos yeux, & noſtre
imagination plus chaude que les au-

tres facultez de noftre ame en attire
le plus fubtil , dont elle fait chez foy
vn portrait en racoucyr.

L'operation de l'oüye n'eft pas plus
malaifée à conceuoir & pour eftre
plus fucccint , confiderons là feulement dans l'harmonie d'vn luth touché par les mains d'vn maiftre de
l'art; vous me demanderez comme il
fe peut faire que i'apperçoiue fi loin
de moy vne chofe que ie ne vois
point ? eft-ce qu'il fort de mes oreilles vne efponge qui boit cette mufique pour me la rapporter, ou ce
ioüeur engendre-t'il dans ma tefte
vn autre petit ioüeur auec vn petit
luth qui ait ordre de me chanter comme vn Echo les mefmes airs ? non,
mais ce miracle procede de ce que la
corde tirée venant à frapper les petits
corps dont l'air eft compofé, elle le
chaffe dans mon cerueau, le percent
doucement auec ces petits riens cor-
porels, & felon que la corde eft ban-
dée le fon eft haut, à caufe qu'elle
pouffe les Atomes plus vigoureufe-

ment, & l'organe ainſi penetré en
fournit à la fantaiſie dequoy faire ſon
tableau : ſi trop peu, il arriue que
noſtre memoire n'ayant pas encore
acheué ſon image, nous ſommes contraints de luy repeter le meſme ſon,
afin que des matereaux que luy four-
niſſent, par exemple, les meſures
d'vne Sarabande, elles en prennent
aſſez pour acheuer le portrait de cette
Sarabande; mais cette operation n'a
rien de ſi merueilleux que les autres
par leſquelles à l'aide du meſme organe, nous ſommes eſmeus tantoſt à
la ioye, tantoſt à la colere . . . . . &
cela ſe fait lors que dans ce mouuement ces petits corps en rencontrent d'autres en nous remués de
meſme façon, ou que leur propre figure rend ſuſceptibles du meſme eſ-
branlement; car alors les nouueaux
venus excitent leurs hoſtes à ſe remuer comme eux : & de cette façon
lorſqu'vn air violent rencontre le feu
de noſtre ſang, il le fait encliner au
meſme branſle, & il l'anime à ſe

pouſſer dehors , c'eſt ce que nous
appellons ardeur de courage. Si le
ſon eſt plus doux , & qu'il n'ait la
force de ſouleuer qu'vne moindre
flame plus eſbranlée en la promenant
le long des nerfs, des membranes, &
des pertuis de noſtre chair, elle excite
ce chatoüillement qu'on appelle
ioye, il en arriue ainſi de l'ebullition
des autres paſſions ſelon que ces petits corps ſont iettez plus ou moins
violemment ſur nous, ſelon le mouuement qu'ils reçoiuent par le rencontre d'autres branſles, & ſelon
qu'ils trouuent à remuer chez nous,
c'eſt quant à l'oüye.

La demonſtration du toucher n'eſt
pas maintenant plus difficile, en con-
ceuant que de toute matiere palpable
il ſe fait vne emiſſion perpetuelle du
petit corps , & qu'à meſure que nous
la touchons, il s'en éuapore dauantage, parce que nous les eſpraignons
du ſuiet, meſme cóme l'eau d'vne eſ-
ponge quand nous la preſſons. Les durs
viennent faire à l'organe le rapport

de leur folidité, les fouples de leur moleffe, les raboteux, &c. Et qu'ainfi ne foit. nous ne fommes plu s fi fins à difcerner par l'attouchement auec des mains vfées, de trauail, à caufe de l'efpaiffeur du Cal, qui pour n'eftre ny poreux, ny animé ne tranfmet que fort malaifément ces fumées de la matiere. Quelqu'vn defirera d'apprendre où l'organe de toucher tient fon fiege : pour moy ie penfe qu'il eft refpandu dans toutes les fuperficies de la maffe, veu qu'il fe fent dans toutes fes parties. Ie m'imagine toutesfois que plus nous taftons par vn membre proche de la tefte, & plus vifte nous diftinguons ce qui fe peut experimenter quand les yeux clos nous patinons quelque chofe; car nous la deuinons plus facilement, & fi au contraire nous la taftions du pied nous aurions plus de peine à la connoiftre, cela prouient de ce que noftre peau eftant par toute criblée de petits trous, nos nerfs dont la matiere n'eft pas plus ferrée per,

dent en chemin beaucoup de ces petits Atomes par les menus pertuits de
leur contexture auant que d'eſtre
arriuez iuſques au cerueau qui eſt le
terme de leur voyage. Il me reſte à
parler de l'odorat & du gouſt.

Dites moy lors que ie gouſte vn
fruit, n'eſt-ce pas à cauſe de la chaleur de ma bouche qui le fond : ad-
uoüez-moy donc qu'y ayans dans
vne poire des ſels, & que la diſſolu-
tion les partageant en petits corps
d'autre figure que ceux qui compoſent la ſaueur d'vne pomette , il faut
qu'ils percent noſtre pallais d'vne
maniere bien diferente; tout ainſi que
l'eſcare enfocée par le ferd'vne pique
qui me trauerſe n'eſt pas ſemblable
à ce que me fait ſouffrir en ſurſault la
bale d'vn piſtolet, & de meſme que la
bale de ce piſtolet m'imprime vn autre douleur que celle d'vn careau d'a-
cier.

De l'odorat ie n'ay rien à dire,
puis que les Philoſophes meſmes
confeſſent qu'il ſe fait par vne emiſſion continuelle de petits corps.

Ie m'en vais fur ce principe vous expliquer la creation, l'harmonie & l'influence des globes celeftes auec l'immuable varieté des meteores.

Il alloit continuer, mais le vieil hofte entra là deffus qui fit fonger noftre Philofophe à la retraitte ; il apportoit des criftaux pleins de ver-res luifans pour efclairer la fale, mais comme ces petits feux infectes perdent beaucoup de leur efclat, quand ils ne font pas nouuellement amaffez, ceux-cy vieux de dix iours n'efclai-roient prefque point. Mon Demon n'attendit pas que la compaghie en fut incommodée, il monta dans fon cabinet, & en redefcendit auffi-toft auec deux boules de feu fi brillantes que chacun s'eftonna comme il ne fe brufloit point les doigts : ces flam-beaux imcombuftibles, dit-il, nous feruirons mieux que vos pelotons de verres. Ce font des rayons du Soleil que i'ay pnrgez de leur chaleur, au-trement les qualitez corrofiues de fon feu auroient bleffé voftre veuë en

l'efbloüiffant, i'en ay fixé la lumiere
& l'ay renfermée dans ces boules
tranfparantes que ie tiens ; cela ne
vous doit pas fournir vn grand fuiet
d'admiration, car il ne m'eft pas plus
difficile à moy qui fuis né dans le Soleil, de condenfer fes rayons qui font
la pouffiere de ce monde là, qu'à
vous d'amaffer de la pouffiere ou des
Atomes qui font de la terre pulueri-
fée de celuy cy ; là deffus noftre hofte
enuoya vn valet conduire les Philofophes par ce qu'il eftoit nuit, auec
vne douzaine de globes à verres pen-
dus à fes quatres pieds : pour nous
autres, fçauoir mon precepteur &
moy nous nous couchafmes par l'ordre du Phifionome, il me mit cette
fois là dans vne chambre de violette
& de lys, m'enuoya chatoüiller à
l'ordinaire & le lendemain fur les
neuf heures ie vis entrer mon Demon qui me dit qu'il venoit du Palais, où ▬▬▬ l'vne des
Demoi ▬▬▬ felles de la
Reyne l'auoit prié de l'aller trouuer,

& qu'elle s'eſtoit enquiſe de moy,
teſmoignant qu'elle perſiſtoit touſiours dans le deſſein de me tenir parolle, c'eſt à dire que de bon cœur
elle me ſuiuroit ſi ie la voulois mener
auec moy dans l'autre monde; ce qui
m'a fort edifié, continua-t'il , c'eſt
quand i'ay reconnu que le motif
principal de ſon voyage eſtoit de ſe
faire Chreſtienne, ainſi ie luy ay pro-
mis d'aider ſon deſſein de toutes mes
forces, & d'inuenter pour cet effet
vne machine capable de tenir trois
ou quatre perſonnes, dans laquelle
vous y pourez monter enſemble dés
auiourd'huy : ie vais m'appliquer ſerieuſement à l'execution de cette entrepriſe; c'eſt pourquoy afin de vous
diuertir cependant que ie ne ſeray
point auec vous, voicy vn Liure que
ie vous laiſſe, ie l'apportay iadis de
mon pays natal, il eſt intitulé, *Les*
Eſtats & Empires du Soleil, auec vne
Addition de l'Hiſtoire de l'Eſtincelle,
ie vous donne encore celuy-cy que
i'eſtime beaucoup dauantage, c'eſt le

grand Oeuure des Philofophes,
qu'vn des plus forts efprits du Soleil
a compofé; il prouue là dedans que
toutes chofes font vrayes, & declare
la façon d'vnir phifiquement les ve-
ritez de chaque contradictoire, comme par exemple que le blanc eft noir
& que le noir eft blanc, qu'on peut
eftre & n'eftre pas en mefme temps,
qu'il peut y auoir vne montagne fans
valée, que le neant eft quelque chofe,
& que toutes les chofes qui font ne
font point ; mais remarquez qu'il
prouue tous ces inoüis paradoxes,
fans aucune raifon captieufe ou So-
phiftique: quand vous ferez ennuyée
de lire vous pourez vous promener,
ou vous entretenir auec le fils de noftre hofte, fon efprit a beaucoup de
charmes, ce qui me deplaift en luy,
c'eft qu'il eft impie; s'il luy arriue de
vous fcandalifer, ou de faire par
quelque raifonnement chanceler
voftre foy, ne manquez pas auffi-toft
de me le venir propofer : ie vous en
refoudray les difficultez, vn autre

vous ordonneroit de rompre compagnie ; mais comme il eſt extrememét vain ie ſuis aſſeuré qu'il prédroit cette fuite pour vne défaite & il ſe figureroit que noſtre croyance feroit ſans raiſon ſi vous refuſiez d'entendre les ſiennes. Il me quitta en acheuant ce mot, mais il fut à peine ſorty que ie me mis à conſiderer attentiuement mes Liures & leurs boëtes, c'eſt à dire leurs couuertures qui me ſembloient admirables pour leurs richeſſes, l'vne eſtoit taillée d'vn ſeul diamant ſans comparaiſon plus brillant que les noſtres, la ſeconde ne paroiſſoit qu'vne monſtreuſe perle fenduë en deux : mon Demon auoit traduit ces Liures en langage de ce monde, mais parce que ie n'ay point de leur Imprimerie, ie m'en vais expliquer la façon de ces deux Volumes.

A l'ouuerture de la boëſte ie trouuay dedans vn ie ne ſçay qnoy de metail preſque ſemblable à nos Horloges, plein de ie ne ſçay quels petits

reſſorts & de machines imperceptibles: c'eſt vn Liure à la verité, mais
c'eſt vn Liure miraculeux qui n'a ny
feüillets ny caracteres; enfin c'eſt vn
Liure, ou pour apprendre les yeux
ſont inutils, on n'a beſoin que des
oreilles; quand quelqu'vn donc ſou-
haite lire, il bande auec grande quantité de toutes ſortes de petits nerfs
cette machine, puis il tourne l'eſ-
guille ſur le chapitre qu'il deſire eſ-
couter & au meſmet épſilen ſort côme
de la bouche d'vn homme ou d'vn
inſtrument de muſique tous les ſons
diſtincts & differends qui ſeruent entre les grands Lunaires à l'expreſſion
du langage.

Lors que i'ay depuis reflefchy ſur
cette miraculeuſe inuention de faire
des Liures, ie ne m'eſtonne plus de
voir que les ieunes hommes de ce
pays là poſſedoient plus de connoiſſance à ſeize & dix-huit ans que
les barbes griſes du noſtre; car ſça-
chant lire auſſi-toſt que parler, ils
ne ſôt iamais ſans lecture, à la châbre,

à la promenade, en Ville, en voyage,
ils peuuēt auoir dãs la poche ou pen-
dus à la ceinture vne trentaine de ces
Liures dont ils n'ont qu'à bander vn
reffort pour en oüir vn chapitre feu-
ment, ou bien plufieurs s'ils font en
humeur d'efcouter tout vn Liure;
ainfi vous auez eternellement autour
de vous tous les grands Hommes &
morts & viuans qui vous entretiennent de viues voix. Ce prefent m'occupa plus d'vne heure, & enfin me
les eftans attachez en forme de pen-
dans d'oreille ie fortis pour me promener, mais ie ne fus pas pluftoft au
bout de la ruë, que ie rencontray vne
trouppe affez nombreufe de perfonnes triftes.

Quatre d'entre eux portoient fur
leurs efpaules vne efpece de cercueil
enuelopé de noir, ie m'informé d'vn
regardant ce que vouloit dire ce conuoy femblable aux pompes funebres
de mon pays, il me refpondit que ce
mefchant ▬▬▬▬▬ & nommé
du peuple ▬▬▬▬▬ par vne

chiquenaude fur le genoüil droit, qui
auoit efté conuaincu d'enuie & d'in-
gratitude eftoit decedé le iour prece-
dent, & que le Parlement l'auoit
condamné il y auoit plus de vingt
ans à mourir dans fon lit, & puis
d'eftre enterré apres fa mort. Ie me
pris à rire de cette refponfe, & luy
m'interrogeant pourquoy ? vous
m'eftonnez, dis-ie, de dire que ce qui
eft vne merque de benediction
dans noftre monde, comme la longue
vie, vne mort paifible, vne fepulture
honorable, ferue en celuy-cy d'vne
punition exemplaire: quoy vous prenez la fepulture pour quelque chofe
de precieux, me repartit cet hôme? &
par voftre foy pouuez-vous côceuoir
quelque chofe de plus efpouuentable
qu'vn cadavre marchant fous les
vers dont il regorge, à la mercy des
crapaux qui luy mafchent les ioües,
enfin la pefte reueftuë du corps d'vn
homme ? bon Dieu la feule imagination d'auoir, quoy que mort, le vifage embaraffé d'vn drap, & fur la
bouche

bouche vne pique de terre me donne
de la peine à refpirer. Ce miferable
que vous voyez porter outre l'infa-
mie d'eftre ietté dans vne foffe, a efté
condamné d'eftre affifté dans fon
conuoy de cent cinquante de fes
amis , & commandement à eux en
punition d'auoir aimé vn enuieux &
vn ingrat de paroiftre à fes funerailles
auec vn vifage trifte , & fans que les
Iuges en ont eu pitié , imputans en
partie fes crimes à fon peu d'efprit,
ils auroient ordonné d'y pleurer.
Horfmis les criminels on brufle icy
tout le monde , auffi eft ce vne couftume tres décente & tres raifonnable; car nous croyons que le feu ayant
feparé le pur d'auec l'impur , la chaleur raffemble par fimpathie cette
chaleur naturelle qui faifoit l'ame
& luy donne la force de s'efleuer
toufiours, & montant iufques à quel
que aftre, la terre de certains peuples
plus immateriels que nous & plus
intellectuels, parce que leur temperament doit refpondre & participer

H

à la pureté du globe qu'ils habi‹
tent.

Ce n'eſt pas encore noſtre façon
d'inhumer la plus belle. Quand vn
de nos Philoſophes vient a vn âge
où il ſent ramollir ſon eſprit & la
glace de ſes ans engourdir les meuue-
mens de ſon ame, il aſſemble ſes amis
par vn banquet ſomptueux, puis
ayant expoſé les motifs qui le font re-
foudre à prendre congé de la nature,
& le peu d'eſperance qu'il y a d'ad-
iouſter quelque choſe à ſes belles
actions, on luy fait ou grace; c'eſt à
dire qu'on luy permet de mourir, ou
qu'on luy fait vn ſeuere commandement de viure : quand donc à plu-
ralité de voix on luy a mis ſon ſouffle
entre les mains, il aduertit ſes plus
chers, & du iour, & du lieu: ceux cy
ſe purgent & s'abſtiennent de manger pendant vingt-quatre heures,
puis arriuez qu'ils ſont au logis du
Sage & ſacrifié qu'ils ont au Soleil,
ils entrent dans la chambre où le genereux les attend ſur vn lit de parade:

chacun le veut embraſſer, & quand
c'eſt au rang de celuy qu'il aime le
mieux, apres l'auoir baiſé tendre-
ment, il l'appuye ſur ſon eſtomach,
& ioignant ſa bouche ſur ſa bouche
de la main droite il ſe baigne vn poignard dans le cœur ; l'amant ne deta-
che point ſes levres de celles de ſon
amant qu'il ne le ſente expirer ; &
lors il retire le fer de ſon ſein, & fermant de ſa bouche la playe, il auale
ſon ſang qu'il ſucce iuſqu'à ce qu'vn
ſecond luy ſuccede, puis vn troiſieſ-
me, vn quatrieſme, & enfin toute la
compagnie, & quatre ou cinq heures
apres on introduit à chacun vne fille
de ſeize ou dix-ſept ans, & pendant
trois ou quatre iours qu'ils ſont à
gouſter les plaiſirs de l'amour, ils ne
ſont nourris que de la chair du mort
qu'on leur fait manger toute cruë,
afin que ſi de cent embraſemens il
peut naiſtre quelque choſe, ils ſoient
aſſeurez que c'eſt leur amy qui re-
uit.

I'interrompis ce diſcours, en di-

fant à celuy qui me le faifoit, que ces
façons de faire auoient beaucoup de
reffemblance auec celles de quelque
peuple de noftre monde, & conti-
nuay ma promenade qui fut fi longue
que quand ie reuins il y auoit deux
heures que le difné eftoit preft. On
me demanda pourquoy i'eftois arriué
fi tard; ce n'a pas efté ma faute, ref-
pondis-ie au Cuifinier qui s'en plai-
gnoit , i'ay demandé plufieurs fois
parmy les ruës quelle heure il eftoit,
mais on ne m'a refpondu qu'en ou-
urant la bouche, ferrant les dents, &
tournant le vifage de trauers.

Quoy, s'efcria toute la compagnie,
vous ne fçauez pas que par là ils vous
montroient l'heure: par ma foy, repartis-ie ils auoient beau expofer leur
grand nez au Soleil, auant que ie l'ap-
priffe : c'eft vne commodité, me dirent-ils, qui leur fert à fe paffer
d'horloge ; car de leurs dents ils font
vn cadran fi iufte, qu'alors qu'ils
veulent inftruire quelqu'vn de l'heure , ils ouurent les levres & l'ombre

de ce nez qui vient tomber deſſus
leurs dents, marque comme vn Cadran celle dont le curieux eſt en
peine. Maintenant afin que vous
ſçachiez pourquoy en ce pays tout le
le monde a le nez grand ; apprenez
qu'auſſi-toſt que la femme eſt accou-
chée, la Matrone porte l'enfant au
Maiſtre du ſeminaire, & iuſtement
au bout de l'an les Experts eſtans aſſemblez, ſi ſon nez eſt trouué plus
court qu'à vne certaine meſure que
tient le Syndic, il eſt cenſé Camus &
mis entre les mains de gens qui le
chaſtrent. Vous me demanderez la
cauſe de cette barbarie, & comme il
ſe peut faire que nous chez qui la
virginité eſt vn crime, eſtabliſſions
des continences par force; mais ſçachez que nous le faiſons apres auoir
obſerué depuis trente ſiecles qu'vn
grand nez eſt le ſigne d'vn homme
ſpirituel, courtois, affable, genereux,
liberal, & que le petit eſt vn ſigne du
contraire : C'eſt pourquoy des Camus on baſtit les Eunuques, parce

que la Republique aime mieux ne
point auoir d'enfans que d'en auoir
qui leurs fuſſent ſemblables. Il parloit encore, lors que ie vis entrer vn
homme tout nud ; ie m'aſſis auſſi toſt
& me couuris pour luy faire honneur, car ce ſont les marques du plus
grand reſpect qu'on puiſſe en ce pays
là teſmoigner à quelqu'vn. Le
Royaume, dit-il, ſouhaitte qu'a-
uant de retourner en voſtre monde,
vous en auertiſſiez les Magiſtrats, à
cauſe qn'vn Mathematicien vient
tout à l'heure de promettre au Conſeil, que pourueu qu'eſtant de retour
chez vous, vous vouliez conſtruire
vne certaine machine qu'il vous en-
ſeiguera, il attirera voſtre globe & le
ioindra à celuy cy, à quoy ie pro-
mis de ne pas manquer. Hé ie vous
prie (dis ie à mon hoſte quand l'autre fut party) de me dire pourquoy
cet enuoyé portoit à la ceinture des
parties honteuſes de bronze, ce que
i'auois veu pluſieurs fois pendant que
i'eſtois en cage ſans l'auoir oſé de-

mander, parce que i'eſtois touſiours
enuironné de Filles de la Reyne que
ie craignois d'offencer, ſi i'euſſe en
leur preſence attiré l'entretien d'vne
matiere ſi graſſe, de ſorte qu'il me
reſpondit : les femelles icy, non plus
que les maſles, ne ſont pas aſſez in-
grates pour rougir à la veuë de celuy
qui les a forgées, & les Vierges n'ont
pas honte d'aimer ſur nous en memoire de leur mere Nature, la ſeule
choſe qui porte ſon nom : ſçachez
donc que l'eſcharpe dont cet homme eſt honoré & où pend pour me-
daille la figure d'vn membre Viril,
eſt le Symbole du Gentilhomme, &
la marque qui diſtingue le Noble
d'auec le Roturier. Ce paradoxe me
ſembla ſi extrauagant, que ie ne pus
m'empeſcher de rire.

Cette couſtume me ſemble bien
extraordinaire, repartis-ie, car en
noſtre monde la marque de Nobleſſe
eſt de porter vne Eſpée : mais l'hoſte
ſans s'eſmouuoir, ô mon petit hóme,
s'eſcria-il, quoy les grands de voſtre

monde font enragez de faire parade
d'vn inftrument qui defigne vn bou-
reau, & qui n'eft forgé que pour
nous deftruire ? enfin l'ennemy iuré
de tout ce qui vit, & de cacher au
contraire vn membre fans qui nous
ferions au rang de ce qui n'eft pas,
le Promethée de chaque animal, &
le reparateur infatigable des foiblef-
fes de la nature; malheureufe contrée
où les marques de generation font
ignominieufes, & où celles d'anean-
tiffement font honorables : cependant vous appellez ce membre là
des parties honteufes, comme s'il y
auoit quelque chofe de plus glorieux
que de donner la vie, & rien de plus
honteux que de l'ofter.   Pendant
tout ce difcours nous ne laiffions pas
de difner, & fi toft que nous fufmes
leuez nous allafmes au iardin prendre l'air, & là prenant occafion de
parler de la generation & conception
des chofes, il me dit. Vous deuez
fçauoir que la terre fe faifant vn arbre, d'vn arbre vn pourceau, & d'vn

ponrceau vn homme, nous deuons
puisque tous les eſtres dans la nature
tendent au plus parfait, qu'ils aſpi-
rent à deuenir hommes, cette eſſence
eſtant l'acheuement du plus beau
mixte & le mieux imaginé qui ſoit
au monde, parce que c'eſt le ſeul qui
face le lieu de la vie animale auec la
raiſonnable, c'eſt ce qu'on ne peut
nier ſans eſtre Pedant, puis que nous
voyons qu'vn prunier par la chaleur
de ſon germe comme par vne bouche
ſucce & digere le gaſon qui l'enui-
róne, qu'vn pourceau deuore ce fruit
& le fait deuenir vne partie de ſoy-
meſme, & qu'vn homme mangeant
le pourceau reſchauffe cette chair
morte, la ioint à ſoy, & fait reuiure
cet animal ſous vne plus noble eſpece ; ainſi cet homme que vous
voyez eſtoit peut-eſtre il y a ſoixante
ans vne touffe d'herbe dans mon iardin, ce qui eſt d'autant plus probable
que l'opinion de la Metempſicoſe
Pytagorique, ſouſtenuë par tant de
grands hommes, n'eſt vray-ſembla-

H v

blement paruenuë iufques à nous,
qu'afin de nous engager à en recher-
cher la verité : comme en effet nous
auons trouué que tout ce qui eft fent
& vegete , & qu'enfin apres que
toute la matiere eft paruenuë à ce
periode qui eft fa perfection, elle def-
cend & retourne dans fon inanité
pour reuenir & ioüer derechef les
mefme rolles. Ie defcendis tres fatisfait au iardin , & ie commençois à
reciter à mon compagnon ce que noftre maiftre m'auoit appris , quand le
Phifionome arriua pour nous conduire à la refection & au dortoir.

Le lendemain dés que ie fus ef-
ueillé ie m'en allay faire leuer mon
Antagonifte. C'eft vn auffi grand
miracle (luy dis ie en l'abordant)
de trouuer vn fort efprit comme le
voftre enfeuely dans le fommeil, que
de voir du feu fans action : il foufrit
de ce mauuais compliment ; mais
(s'efcria-il , auec vne colere paffion-
née d'amour) ne vous déferez-vous
iamais de ces termes fabuleux ? fça-

chez que ces noms là diffament le
nom de Philoſophe, & que comme
le Sage ne voit rien au monde qu'il
ne conçoiue & qu'il ne iuge pouuoir
eſtre conceû, il doit abhorrer toutes
ces expreſſions de prodiges & d'euenement de nature qu'ont inuenté les
ſtupides pour excuſer les foibleſſes de
leur entendement.

Ie creus alors eſtre obligé en conſcience de prendre la parole pour le
deſtromper. Encore, luy repliquay·
ie, que vous ſoyez fort obſtiné dans
vos ſentimens, i'ay veu tout plein de
choſes arriuées ſurnaturellement:
vous le dites, continua-il ; mais vous
ne ſçauez pas que la force de l'imagination eſt capable de guerir toutes les
maladies que vous attribuez au ſur-
naturel, à cauſe d'vn certain baume
naturel contenant toutes les qualitez
contraires à toutes celles de chaque
mal qui nous attaque : ce qui ſe fait
quand noſtre imagination aduertie
par la douleur, va chercher en ce lieu
le remede ſpecifique qu'elle apporte

au venin. C'eſt là d'où vient qu'vn habille Medecin de voſtre monde conſeille au malade de prendre pluſtoſt vn Medecin ignorant qu'on eſtimera pourtant fort habile, qu'vn fort habile qu'on eſtimera ignorant, par ce qu'il ſe figure que noſtre imagination trauaillant à noſtre ſanté, pourueu qu'elle ſoit aidée de remedes, eſt capable de nous guerir, mais que les plus puiſſans eſtoient trop foibles, quand l'imagination ne les appliquoit pas. Vous eſtonnez vous que les premiers hommes de voſtre monde viuoient tant de ſiecles ſans auoir aucune connoiſſance de la medecine? non: & qu'eſt-ce à voſtre aduis qui en pouuoit eſtre la cauſe, ſinon leur nature encore dans ſa force & ce baume vniuerſel qui n'eſt pas encore diſſipé par les drogues dont vos Medecins vous conſomment; n'ayant lors pour rentrer en conualeſcence qu'à le ſouhaiter fortement, & s'imaginer d'eſtre gueris: auſſi leur fantaiſie vi-

goureufe fe plongeant dans cette
huile vital, en attiroit l'elixir, & ap-
pliquant l'actif au paffif ils fe trou-
uoient prefque dans vn clein d'œil
auffi. fains qu'auparauant : ce qui
malgré la déprauation de la nature ne
laiffe pas de fe faire encore auiour-
d'huy, qu ›y qu'vn peu rarement à la
verité ; mais le populaire l'attribuë à
miracle : pour moy ie n'en crois rien
du tout, & ie me fonde fur ce qu'il eft
plus facile que tous ces Docteurs fe
trompent, que cela n'eft facile à faire:
car ie leur demande le fievreux qui
vient d'eftre guery a fouhaitté bien
fort pendant fa maladie , comme il eft
vray · femblable, d'eftre guery , &
mefme il a fait des vœux pour cela;
de forte qu'il falloit neceffairement
qu'il mourut, ou qu'il demeurat dans
fon mal, ou qu'il guerift : s'il fut mort
on euft dit que le Ciel l'auoit recom-
penfé de fes peines, & mefme on euft
dit que felon la priere du malade il a
efté guery de tous fes maux: s'il fut
demeuré dans fon infirmité, on au-

roit dit qu'il n'auoit pas la foy, mais
parce qu'il est guery c'est vn miracle
tout visible : n'est-il pas bien plus
vray semblable que sa fantaisie exci-
tée par les violens desirs de la santé a
fait son operation ? car ie veux qu'il
soit reschappé, pourquoy crier miracle, puis que nous voyons beaucoup de personnes qui s'estoient
voüées perir miserablement auec
leurs vœux.

Mais à tout le moins, luy repartis-
ie, si ce que vous dites de ce baume
est veritable, c'est vne marque de la
raisonabilité de nostre ame, puis que
sans se seruir des instrumens de nostre
raison, sans s'appuyer du concours de
nostre volonté, elle fait elle-mesme
comme si estant hors de nous elle appliquoit l'actif au passif. Or si estant
separée de nous elle est raisonnable,
il faut necessairement qu'elle soit
spirituell : & si vous la confessez spi-
rituelle ie conclus qu'elle est immortelle, puis que la mort n'arriue dans
l'animal que par le changement des

formes dont la matiere feule eft capable. Ce ieune homme alors s'eftant mis en fon feant fur fon lit , & m'ayant fait affeoir, difcourut à peu pres de cette forte. Pour l'ame des beftes qui eft corporelle, ie ne m'eftonne pas qu'elle meure, veu qu'elle n'eft poffible qu'vne harmonie des quatre qualitez , vne force de fang, vne proportion d'organes bien concertez ; mais ie m'eftonne bien fort que la noftre intellectuelle, incorporelle & immortelle, foit contrainte de fortir de chez nous par la mefme caufe qui fait perir celle d vn bœuf: a-t'elle fait pacte auec noftre corps que quand il auroit vn coup d'efpée dans le cœur, vne balle de plomb dans la ceruelle, vne moufquetade à trauers le corps, d'abandonner auffi-toft fa maifon. . . . . . . & fi cette ame eftoit fpirituelle & par foy-mefme fi raifonnable qu'elle fut auffi capable d'intelligence quand elle eft feparée de noftre maffe, que quand elle en eft reueftuë , pourquoy les

Aueugles nez auec tous les beaux
auantages de cette ame intellectuelle
ne fçauroient-ils s'imaginer ce que
c'eft que de voir? eft-ce à caufe qu'ils
ne font pas encore priuez par le tref-
pas de tous leurs fens ? quoy ie ne
pouray donc me feruir de ma main
droite, à caufe que ie n'ay vne gau-
che ? . . . . . . Et enfin pour faire
vne comparaifon iufte & qui de-
ftruife tout ce que vous auez dit, ie
me contenteray de vous apporter l'e-
xemple d'vn Peintre qui ne peut trauailler fans pinceau, & ie vous diray
que l'ame eft tout de mefme quand
elle n'a pas l'vfage des fens. Oüy,
mais, adioufta-t'il. . . . . . Cependant ils veulent que cette ame qui ne
peut agir qu'imparfaitement à caufe
de la perte d'vn de fes outils dans le
cours de la vie puiffe alors trauailler
auec perfection quand apres noftre
mort elle les aura tous perdus : s'ils
me viennent rechanter qu'elle n'a pas
befoin de ces inftrumens pour faire
fes fonctions, ie leur rechanteré qu'il

faut foüetter les Quinze-vingts qui
font femblant de ne voir goutte. Il
vouloit continuer dans de fi impertinens raifonnemens, mais ie luy fermay la bouche en le priant de les
ceffer, comme il fit de peur de querelle ; car il connoiffoit que ie
commençois à m'efchauffer : il s'en
alla en fuite & me laiffa dans l'admiration des gens de ce monde là, dans
lefquels iufqu'au fimple peuple
il fe trouue naturellement tant d'efprit, au lieu que ceux du noftre en
ont fi peu & qu'il leur coufte fi cher.
Enfin l'amour de mon pays me détachant petit à petit de l'affeétion &
mefme de la penfée que i'auois euë
de demeurer en celuy-là, ie ne fongeay plus qu'à mon depart ; mais i'y
vis tant d'impoffibilité que i'en deuins tout chagrin : mon Demon s'en
apperceut, & m'ayant demandé à
quoy il tenoit que ie ne paruffe pas le
mefme que toufiours, ie luy dis franchement le fuiet de ma melancolie ; mais il me fit de fi belles pro-

meſſes pour mon retour, que ie
m'en repoſay ſur luy entierement:
i'en donnay aduis au Conſeil qui
m'enuoya querir & qui me fit preſter
ſerment que ie raconterois dans noſtre monde les choſes que i'auois
veuës en celuy-là: en ſuite on me fit
expedier des paſſeports, & mon Demon s'eſtant muny des choſes neceſſaires pour vn ſi grand voyage, me
demanda en quel endroit de mon
pays ie voulois deſcendre : ie luy dis,
que la pluſpart des riches enfans de
Paris, ſe propoſant vn voyage à Rome vne fois en la vie, ne s'imaginant
pas apres cela qu'il y euſt rien de beau
ny à faire, ny à voir, ie le priois de
trouuer bon que ie les imitaſſe ; mais,
adiouſtay ie, dans quelle machine
ferons nous ce voyage, & quel ordre penſez-vous que me veüille donner le Mathematicien qui me parla
l'autre iour de ioindre ce globe cy au
noſtre ? Quant au Mathematicien,
me dit il, ne vous y arreſtez point,
car c'eſt vn homme qui promet beau-

coup & qui ne tient rien : & quant à
la machine qui vous reportera, ce
fera la mefme qui vous voitura à la
Cour : comment , dis-ie , l'air de-
uiendra pour fouftenir vos pas auffi
folide que la terre? c'eft ce que ie ne
croy point ; & c'eft vne chofe eftran-
ge, reprit-il , que ce que vous croyez
& ne croyez pas; hé pourquoy les
Sorciers de voftre monde qui marchent en l'air & conduifent des armées de grefles , de neiges , de pluyes
& d'autres tels meteores , d'vne Prouince en vne autre, auroient-ils plus
de pouuoir que nous ? Soyez , foyez
ie vous prie plus credule en ma faueur; il eft vray , luy dis-ie , que i'ay
receu de vous tant de bons offices , de
mefme que Socrate & les autres pour
qui vous auez tant eu d'amitié , que
ie me dois fier à vous, comme ie fais
en m'y abandonnant de tout mon
cœur. Ie n'eus pas pluftoft acheué
cette parole, qu'il s'enleua comme
vn tourbillon, & me tenant entre
fes bras, il me fit paffer fans incom-

modité tout ce grand efpace que nos
Aftronomes mettent entre nous & la
Lune, en vn iour & demy ; ce qui me
fit connoiftre le menfonge de ceux
qui difent qu'vne meule de moulin
feroit trois cens foixante & tant d'an-
nëes à tomber du Ciel, puis que ie
fus fi peu de temps à tomber du globe de la Lune en celuy-cy : Enfin au
commencement de la feconde iournée, ie m'apperceus que i'approchois
de noftre monde : defia ie diftinguois
l'Europe d'auec l'Affrique, & ces
deux d'auec l'Afie, lors que ie fentis
le fouffre que ie vis fortir d'vne fort
haute montagne: cela m'incommo-
doit de forte que ie m'éuanoüis : ie
ne puis pas dire ce qui m'arriua en
fuite, mais ie me trouuay ayant
repris mes fens dans des bruyeres fur
la pente d'vne coline, au milieu de
quelques Paftres qui parloient Ita-
lien: ie ne fçauois ce qu'eftoit deuenu
mon Demon, & ie demanday à ces
Paftres s'ils ne l'auoient point veu:
à ce mot ils firent le Signe de la

Croix, & me regardeient comme fi
i'en eufîe efté vn moy-mefme : mais
leur difant que i'eftois Chreftien, &
que ic les priois par charité de me
conduire en quelque lieu où ie puffe
me repofer, ils me menerent dans vn
village à vn mille de là, où ie fus à
peine arriué que tous les Chiens du
lieu depuis les Bichons iufques aux
Dogues, fe vinrent ietter fur moy, &
m'euffent deuoré fi ie n'euffe trouué
vne maifon où ie me fauuay ; mais
cela ne les empefcha pas de continuer
leur fabat, en forte que le maiftre du
logis m'en regardoit de mauuais œil,
& ic croy que dans le fcrupule où le
peuple augure de ces fortes d'accidens, cet homme eftoit capable de
m'abandonner en proye à ces animaux, fi ie ne me fuffe aduifé que ce
qui les acharnoit ainfi apres moy,
eftoit le monde d'où ie venois, à caufe
qu'ayant accouftumé d'aboyer à la
Lune, ils fentoient que i'en venois &
que i'en auois l'odeur, comme ceux
qui conferuent vne efpeçe de relan

ou air marin quelque temps apres
eſtre deſcendus de ſur la mer. Pour
me purger de ce mauuais air, ie m'ex-
poſay ſur vne terraſſe, durant trois
ou quatre heures au Soleil; apres
quoy ie deſcendis, & les Chiens qui
ne ſentoient plus l'influence qui
m'auoit fait leur ennemy, ne m'a-
boyerent plus & s'en retournerent
chacun chez ſoy. Le lendemain ie
partis pour Rome, où ie vis les reſtes
des triomphes de quelques Grands
Hommes de meſme que ceux des
ſiecles : i'en admiré les belles ruines
& les belles reparations qu'y ont fait
les Modernes. Enfin apres y eſtre
demeuré quinze iours en la compagnie de Monſieur de Cyrano mon
Couſin qui me preſta de l'argent pour
mon retour, i'allay à Ciuitauechia,
& me mis ſur vne Gallere qui m'a-
mena iuſqu'à Marſeille. Pendant
tout ce voyage ie n'eus l'eſprit tendu
qu'aux merueilles de celuy que ie
venois de faire. I'en commençay
les memoires dés ce temps-là, &

quand i'ay esté de retour ie les ay mis
autant en ordre que la maladie qui
me retient au lit me l'a pû permettre.
Mais preuoyant qu'elle sera la fin de
mes estudes & de mes trauaux, pour
tenir parole au Conseil de ce monde
là, i'ay prié Monsieur le Bret, mon
plus cher & mon plus inuiolable ami,
de les donner au public, auec l'Histoire de la Republique du Soleil,
celle de l'Estincelle, & quelques
autres ouurages de mesme façon, si
ceux qui nous les ont dérobez les luy
rendent, comme ie les en coniure de
tout mon cœur.

F I N.

Fautes principales furuenuës en l'impreſsion.

PAge 2 ligne 7.l.Apollon.P.18.l.9.ames,
l. années. P.19.l.20. monde,l.mondes.
P.28 l.16. lorps, l.corps. Lig.20. epaque, l.
plaque. P.38.l.7 au, l. le P.45.l.8.l. elles.
P.46.l.18.pendre,l.prendre. P. 3.l.19.mouz
uions, l.mourions. P.73.l.18. conionĉture,
l.coniecture. P.74.l.18.nous, l.leur. Lig.20.
repris-ie,l.reprit-il. P.76.l.2.il,l s'il Lig.12.
appuye, l. appuyoit. P.82. l.dernicre, aen, l.
ren. P. 89. l.7. le, l.ſe. P. 90. grongnent, l.
grondent.Lig.10.ſes,l.ces. Lig.20.s'il voila,
l. ainſi le voila. P.92.l.18. le,l. la. P.93.l.dern.
c'eſt,l.c'eſtoit.P. 106. celuy,l.celuy-là.P.107
n'eſt, l. n'eſt pas. P.109. faut, l. fault pas. P.
110.l.10.ton, l.ſon. P.112 l.12. dont,l.donc.
P.113.l 4 auoit, l.auroit. P.122. l. 13. qui, l.
qu'il. P.127.l.10.ie, l.il. P.132.leſquels, l.leſ-
quelles. P.133.l.19.fort,l.tort. P.135. s'épan-
diſſe, l.s'épandiſt. P.155. l.20. rencontrent,
l.rencontrant. P.156.l.3.racourcir, l.racour-
cy. L. 22. percent, l.perçant. P 158. l.20.du
petit,l.de petits. P.160.l.14. pomette,l.pom-
me. P.168.l.11.merque, l.marque.